ONE CITY

ONE CITY

Traduit de l'anglais (Écosse) par

Santiago Artozqui

ONE CITY

16, rue Albert-Einstein – Marne-la-Vallée
77420 Champs-sur-Marne, France
www.musicbooks.fr

Première édition pour la traduction française

Titre original : *One City*

Première publication en langue anglaise et traduit en accord avec
Birlinn, an imprint of Birlinn Limited

Traduit l'anglais par Santiago Artozqui
ISBN 978-2-35726-055-9

Directeur d'édition : Eddy Agnassia
Collection coordonnée par Flore Law de Lauriston
Composition et mise en page : Anthony Gaucher
Couverture : Mathieu Tougne
Relecture et correction : Dorian Tort

SOMMAIRE

AVANT-PROPOS

À mon plus grand plaisir, quatre des auteurs les plus célèbres d'Édimbourg se sont réunis pour soutenir notre ville. L'idée de ce recueil vient des auteurs eux-mêmes, par ailleurs ambassadeurs de la fondation OneCity, une organisation caritative dont l'objet est de promouvoir des projets et des idées pour lutter contre les injustices et l'inégalité sociale à Édimbourg.

Chaque auteur s'est inspiré de cette ville dans ses travaux précédents, et les trois nouvelles présentées dans ce recueil parviennent à capter la diversité sociale d'Édimbourg, tout en reflétant le style personnel de chacun de ces écrivains et la façon dont ils visualisent notre cité. Nous tenons à les remercier non seulement pour le temps et le travail qu'ils ont investi dans ce projet, mais aussi pour le don de l'ensemble des royalties tirées de la vente de ce livre à la fondation OneCity. Ces fonds seront utilisés pour soutenir des projets à vocation scolaire ou littéraire, dans la première ville élue *Ville de la Littérature* par l'Unesco.

En achetant cet ouvrage, vous contribuez au changement d'Édimbourg, en donnant des fonds à la fondation OneCity, mais aussi en relayant son message : Édimbourg ne doit plus être une ville divisée, mais une cité qui parle d'une seule voix.

Mes remerciements les plus sincères
LESLEY HINDS
Lord Prévôt d'Édimbourg
Président de la fondation OneCity
(*ex officio*)

INTRODUCTION

Lorsque je suis arrivée à Édimbourg en décembre 1993, je trouvai la ville recouverte de neige d'une beauté presque intimidante et d'une austérité peu familière. Je ne comptais pas m'y installer ; j'étais venue passer Noël chez ma sœur et je pensais repartir peu après vers le sud, où la plupart de mes amis résidaient à l'époque.

Janvier se présenta, la neige disparut, mais pas moi. Les jardins de Princes Street se trouvaient à quelques minutes à pied et l'entrée au Musée de l'Écosse était gratuite ; mon bébé commençait à trottiner et adorait cavaler dans l'un ou l'autre de ces deux endroits. Je trébuchai tandis qu'elle s'éveillait, et je me demandais ce que nous allions devenir : j'étais aussi déboussolée par cette ville étrange et nouvelle pour moi que par ma situation de mère célibataire, sans emploi et sans un rond.

Édimbourg n'était pour rien dans mes vicissitudes, mais comme cette ville servit de décor à l'épisode « haillons » de ce que l'on pourrait tout aussi bien appeler mon histoire de Cendrillon personnelle, je finis par en savoir plus sur ce que signifie, ici plutôt que n'importe où ailleurs, le fait d'être pauvre et seul. C'est à Édimbourg – et non à Paris, Londres, Manchester ou Porto, où j'ai séjourné pendant ma jeunesse nomade – que j'ai vraiment pris conscience des barrières invisibles et impénétrables qui, quelles qu'en soient les raisons, séparent telles des vitres pare-balles les nantis et les bien-portants de ceux qui vivent en marge de notre société.

À Édimbourg, j'ai passé la plus grosse partie de ma période pré-Potter dans un petit immeuble dont les appartements abritaient à l'époque trois autres mères célibataires. J'ai été très heureuse d'y emménager, cela représentait une réelle amélioration par rapport à mon logement précédent, qui n'était guère mieux qu'une chambre de bonne. Pendant les trois années que j'y passai, ma fille apprit à marcher et à parler, tandis que je réalisai le rêve de ma vie : obtenir un contrat avec un éditeur. Mais c'est aussi là-bas que certaines nuits, des groupes de jeunes du coin s'amusaient à jeter des pierres sur les fenêtres de ma fille de deux ans, pour tromper leur ennui ; c'est là-bas que j'ai dû lutter pour mettre dehors un poivrot qui tentait de forcer ma porte ; c'est là-bas qu'on nous a cambriolées, une nuit, pendant notre sommeil. Et j'ai côtoyé des gens qui ont connu bien pire, pas très loin de chez moi ; il m'arrivait d'échanger quelques mots dans la cage d'escalier avec ma voisine du dessus : elle portait souvent des lunettes de soleil pour masquer ses cocards.

La violence, le crime et la dépendance faisaient partie du quotidien dans ce quartier d'Édimbourg. Cependant, à dix minutes de bus à peine, il y avait un autre monde, un monde de cachemire et de thé à la crème, où des institutions aux façades imposantes font de cette ville le quatrième centre financier d'Europe. À l'époque, j'avais la sensation qu'un abîme me séparait des gens qui passaient en me bousculant avec leurs mallettes ou leurs sacs à main de chez Jenners – et en vérité, cet abîme existait bel et bien.

La fondation OneCity pense que cette différence est due à une « culture de la satisfaction » qui met les plus riches à l'abri des désagréments dont souffrent les quartiers et les groupes les plus défavorisés. Ces groupes incluent les pauvres, les handicapés, ceux qui sont marginalisés en raison de leur origine ethnique ou, pour reprendre les mots de OneCity, « les gens qui se sentent à l'écart des autres et des bienfaits de la ville », une description très précise de mon état d'esprit à l'époque.

L'exclusion sociale nous affecte tous, que nous en convenions ou non, parce que c'est à la frange de la société que fleurissent la misère, le désespoir, les problèmes de santé aussi bien physiques que mentaux, ainsi que l'abus de soi-même et des autres. Chaque ville, chaque citoyen pourrait bénéficier directement et d'une façon tangible de la disparition de ces barrières qui empêchent les enfants de réaliser pleinement leur potentiel, qui privent d'éventuels travailleurs de leur gagne-pain et qui isolent tant de personnes entre leurs murs et dans leur tête.

Pour la première fois peut-être, la fondation OneCity permet à des individus et des associations de faire entendre leur voix dans une ville et une société qui semble les avoir oubliés. La fondation analyse les informations qu'elle recueille et s'en sert pour promouvoir des recommandations destinées à faire d'Édimbourg une ville plus conviviale, une ville qui soit à nous – à nous *tous*.

Ces dernières années, depuis le changement de fortune inattendu (c'est un euphémisme) qui m'est tombé dessus avec la publication de mon premier livre, on a souvent décrit Édimbourg comme ma ville d'adoption. Il est vrai que je garde des traces de mon accent de l'ouest du pays et que j'ai tendance à rester en pull alors que des hommes bleu pâle prennent des bains de soleil dans les jardins de Princes Street : des indices qui prouvent que je ne suis pas née à Simpsons, dans le vieux quartier historique d'Édimbourg. Toujours est-il que, adulte ou enfant, je n'ai jamais vécu quelque part pendant aussi longtemps. Désormais, je me sens chez moi à Édimbourg, c'est une partie de moi, et je me suis mise à aimer cette ville bien avant que *Harry Potter* n'apparaisse sur les étagères des libraires. Je suis fière de vivre ici, fière que ma ville d'adoption s'attache à devenir un endroit plus convivial. La fondation OneCity s'est donné pour but d'unir les gens : je ne peux concevoir de plus bel objectif, pour Édimbourg, pour l'Écosse et pour le monde.

J.K. ROWLING

MURRAYFIELD
(QU'EST-CE QU'ON SE MARRE)

IRVINE WELSH

C'était une journée d'été, chaude et magnifique. Doreen Gow hachait de la ciboule lorsque le tigre pointa son nez dans la cuisine. Du coin de l'œil, entre deux larmes, elle prit conscience de la présence d'une masse, mais elle pensa qu'il s'agissait de Ross, l'énorme bâtard des voisins, qui rappliquait souvent pendant qu'elle cuisinait.

Je n'ai rien pour toi, mon pote, commença-t-elle à dire. Puis elle se tourna vers l'animal. Il s'arrêta à moins de cinquante centimètres et la dévisagea d'un regard presque irrité. Du sang maculait la fourrure blanche autour de sa mâchoire inférieure. Doreen se retourna vers la planche à découper en serrant sa main sur le couteau. Puis elle se rendit compte de la futilité de son geste et ferma simplement les yeux en attendant la fin de sa vie. Sans raison particulière, elle pensa à Callum, son ex-mari, qui l'avait quittée deux ans plus tôt. Comment réagirait-il lorsqu'il apprendrait qu'un tigre l'avait mise en pièce ? Une prière presque silencieuse résonna dans sa tête, comme un murmure insistant : comme si quelqu'un d'autre la disait pour elle. Après avoir brièvement reniflé ses jambes nues, le gros chat se détourna et sortit d'un pas tranquille par la porte de la cuisine.

Doreen avait senti la chaleur de son haleine sur sa peau, derrière ses genoux, puis entendu ses griffes racler le carrelage de la cuisine, les coussinets de ses pattes rebondir dessus. C'était le son d'un chien, plus que d'un chat. Avait-elle des visions, la chaleur la faisait-elle halluciner ? Non. Elle se tourna et vit la fourrure de sa nuque se dresser lentement, langoureusement, tandis qu'il quittait la pièce. Doreen le suivit, presque comme un robot, comme si elle n'était qu'un mécanisme fruste créé pour simuler la démarche paisible du tigre, puis elle ferma la porte coulissante. Derrière le verre dépoli, elle aperçut la silhouette de l'animal qui bondissait dans l'escalier. Le tapis de l'entrée semblait se déchirer sous ses griffes.

Ce tigre a besoin qu'on lui coupe les griffes, pensa-t-elle. C'est terrible, mon beau tapis.

Doreen jeta un coup d'œil par la fenêtre de derrière sur le jardin bien fourni de son patio. Ce n'était pas le plus grand du quartier, mais elle entretenait avec soin ses divers arbustes, plantes en pots et rosiers grimpants. Un voile de chaleur planait sur cette agréable journée et elle dut lutter pour se concentrer dans la lumière éblouissante. Elle remarqua que la remise avait besoin d'une nouvelle couche de créosote. Sur la pelouse vert jaune du jardin mitoyen, elle distingua un monticule d'un marron familier, mais strié de sang et totalement immobile. Le tigre avait eu Ross, sans qu'elle n'entende rien. Doreen attrapa l'annuaire et composa le numéro du zoo d'Édimbourg. Une voix féminine se fit entendre à l'autre bout du fil.

« Zoo d'Édimbourg…

– Un de vos tigres s'est-il échappé ? Parce que j'en ai un, là », dit-elle en allumant une cigarette.

Elle avait arrêté pendant plusieurs mois, mais cela lui avait fait prendre trop de poids. Le régime Benson & Hedges était le seul qui fonctionnât ; il n'y avait que la cigarette pour l'empêcher de se goinfrer. Dieu merci, ce tigre venait de se taper un festin avec Ross et avait la peau du ventre bien tendue, sinon il aurait pu la trouver appétissante.

« On va vérifier », dit la fille du standard.

Doreen attendit une ou deux minutes que la fille revienne à l'appareil.

« Je suis vraiment désolée, mais je ne sais pas à qui demander, dit-elle.

– Oh.

– C'est parce que je viens d'être embauchée cette semaine, et Gillian, elle est partie déjeuner et Yvonne, elle est malade. Et puis on m'a dit de ne pas quitter mon bureau. Peut-être que Mr McGinlay il saurait, lui, mais il n'est pas censé revenir avant plus tard dans l'après-midi.

– Oh.

– Je sais que vous pensez que je suis bête… »

À l'évidence, c'était son premier emploi. Ce n'était pas vraiment juste de lui faire porter un tel fardeau, songea Doreen.

« Ne vous inquiétez pas alors, répondit-elle, rassurante. Je vais appeler la police, tout simplement.

– Oui, et moi, je vais me renseigner », dit la jeune fille.

Doreen lui laissa son numéro et raccrocha. Elle s'apprêtait à composer celui de la police, mais en y réfléchissant, elle se souvint qu'un jour qu'elle était à Jenners avec sa copine Rena, elles avaient rencontré ce type qui distribuait des tracts, dans Princes Street. Sur l'un d'eux, elle avait lu qu'il ne restait que quatre cents tigres du Bengale encore à l'état sauvage, et elle eut peur que la police n'abatte l'animal sans pitié, tout comme ils avaient abattu un innocent il n'y avait pas si longtemps, dans le Suffolk. Ou dans le Sussex, peut-être ? Toujours est-il que l'aveugle, là, celui qui avait été ministre de l'Intérieur, il avait condamné leur action. Il avait condamné leur manque de discernement, songea Doreen avec espièglerie, les côtes secouées d'un rire nerveux. Mais quelle serait la réaction de la police envers l'animal ? Elle ne ferait pas de quartier. Or, ce n'était pas forcément nécessaire. Ce Ross, eh bien, il l'avait peut-être cherché, il avait peut-être provoqué le tigre.

Et la bête était quand même majestueuse.

Non. À la place, elle appela Rena, d'abord chez elle, où elle tomba sur son répondeur, puis sur son portable. Son amie la conforta aussitôt dans sa première impression, déclarant que Doreen devrait laisser la police en dehors de tout ça et faire une nouvelle tentative avec le zoo, en demandant qu'on lui passe un responsable. Elle en parlait avec un ton indigné, mais il est vrai que Rena aimait vraiment les animaux.

« Je viendrai un peu plus tard, mais là, je suis chez Samantha's et je suis sur le point de passer sous le séchoir. »

Encore, pensa Doreen. Rien n'est trop beau pour Mme J'me-la-pète. Cela dit, il fallait certainement réparer les dégâts de la semaine précédente, un vrai désastre. Doreen n'avait rien dit à Rena, d'ailleurs celle-ci avait prétendu être très satisfaite, mais les franges n'allaient pas à cette fille. Et ça ne risquait pas de changer, même d'ici un million d'années.

2

Comme beaucoup de facteurs de sa génération, Malcolm Forbes aimait bien la fumette. Grand, dégingandé, longs cheveux blonds et fins mais très frisés, gros yeux globuleux, Malcolm savait qu'il n'était pas censé tirer sur le cône pendant les heures de boulot, mais merde, la journée était belle, la chaleur torride et il se trouvait sur l'ancienne voie ferrée aujourd'hui transformée en piste cyclable, loin des regards indiscrets, alors il se roula un gros joint de Népalais. Sa sacoche pesait lourd ; sous ses aisselles et dans son dos, des auréoles assombrissaient la chemise bleu ciel de son uniforme.

Merde, tu as besoin de faire une pause.

Le temps qu'il émerge de la coulée verte et de la protection que lui assuraient les arbres et les arbustes, il était passablement défoncé. Il descendit la rue d'un pas tranquille, avec la sensation que sa sacoche pesait maintenant beaucoup moins lourd, et ne sortit de sa rêverie qu'en arrivant devant la maison de Mrs Jardine. Un frémissement de prudence vint secouer le brouillard de ses pensées. Ross, le chien qui l'avait déjà mordu une fois, ne semblait pas être dans le coin. Malcolm prit grand soin d'éviter l'allée qui menait au jardin et fourra une ou deux lettres dans la boîte de la porte d'entrée.

Cependant, la drogue et l'absence apparente du canidé lui insufflèrent une certaine témérité. Son tortionnaire était peut-être parti ou, mieux encore, attaché à l'arrière de la maison ? Si c'était le cas, il allait l'exciter un peu, ce salaud. Sur la pointe des pieds, il s'engagea dans l'allée latérale pour vérifier.

La première chose qu'il vit en atteignant le jardin fut un gros tigre. Dans les deux mètres, probablement. Allongé sur le flanc au beau milieu de la pelouse, il prenait le soleil.

« Wow », dit Malcolm. Il regarda le cadavre à côté du tigre, mutilé, mâchouillé. Ross s'était fait avoir. Ross était un gros chien, certes, mais pas de taille à affronter ce gros chat. Les tigres sont-ils vraiment des chats ? Malcolm en doutait. Autrefois, il en avait eu un, Savon. Savon le Chardon. Il l'avait baptisé comme ça parce qu'un laveur de vitres de Glasgow, un habitué du Roseburn Bar, le lui avait vendu. Mais Savon n'avait rien à voir avec cette chose. Quoi qu'il en soit, Ross s'était fait avoir.

« Wow », répéta Malcolm. Il pivota lentement et battit en retraite le long de l'allée. Lorsqu'il atteignit la grille, l'œil toujours prudemment rivé sur ses arrières, Mrs Jardine arrivait. Il se tourna vers la petite silhouette fragile. Malgré la chaleur, elle avait enfilé une veste imposante et son visage semblait comme pincé par le froid.

« Bonjour, mon gars, du courrier ?

– Je viens de glisser deux lettres dans votre boîte », dit Malcolm en souriant, la mâchoire pendante.

Étrangement, Mrs Jardine trouvait que son expression rappelait celle de Ross. Mr Hall, le boucher de Roseburn, lui avait donné un os énorme. Elle était surprise de ne pas entendre Ross aboyer : en général, il reniflait un truc comme ça à deux kilomètres.

« En fait, j'attends une invitation pour les noces d'or d'une amie, déclara-t-elle, radieuse.

– C'est bien, ça… Ça fait combien ? Vingt ans, non ?

– Non, non, mon gars, pas du tout, dit-elle en riant. Ça fait cinquante ! »

Malcolm acquiesça pensivement. Ça faisait un bon bout de temps à être mari et femme, lui dit-il. Merde, il avait été marié pendant quinze mois et c'était déjà bien assez long !

Un bon bout de temps, concéda Mrs Jardine, en pensant avec tristesse qu'elle aurait bien aimé disposer d'un petit peu plus de temps avec Crawford. Cela dit, à la fin, il bavait, il pissait dans son lit et racontait tellement de conneries que lorsqu'il finit par mourir, ce fut un soulagement. Tristement, les deux dernières années de démence pesaient plus dans son esprit que les presque quarante années de bonheur conjugal. À la réflexion, c'étaient là des pensées bien mélancoliques. Peut-être une conséquence de son âge ? Quoi qu'il en soit, elle avait toujours Ross, c'était déjà ça.

« Oh ! J'ai failli oublier… », s'exclama Malcolm.

Ses pensées étaient encore vaporeuses et incohérentes. Ce Népalais, c'était vraiment du bon !

« Peut-être devriez-vous faire attention. Il y a un tigre dans votre jardin. Malheureusement, il a eu Ross.

– Qu'est-ce que tu veux dire, il a eu Ross ? De quoi tu parles, mon gars, dit-elle, en ne riant qu'à moitié.

– Euh… »

Malcolm hésitait. Ces temps-ci, ils vous viraient pour un oui ou pour un non. Il n'était pas formé au soutien psychologique ou à des trucs de ce genre. Ouais, et ils n'attendaient que ça pour vous planter. Russell, un bon petit gars, ils l'avaient chopé en train de taper sur un ballon de foot, sur une caméra de vidéosurveillance, et ils l'avaient viré pour hooliganisme. Non, il en avait déjà assez dit.

« Je ne sais pas trop, mais peut-être que la meilleure chose à faire serait de téléphoner aux gens de la Poste. Ou peut-être au dépôt.

– Mais… mais…, bredouilla Mrs Jardine, que la colère rendait incompréhensible. Je ne vois pas le rapport entre la Poste et Ross. Et c'est quoi, cette histoire de tigre ? Tu es stupide, mon gars, juste complètement stupide !

– Il faut que j'y aille », dit Malcolm en s'éloignant avec hâte.

Ce gars-là se drogue, pensa Mrs Jardine. C'est pas bon, pas bon du tout. Elle n'allait pas l'épingler, pas avec tous les problèmes de chômage qu'il y avait en ce moment, mais peut-être pourrait-elle écrire au *Scotsman*, juste pour marquer le coup. Il était clair que la Poste prenait le même genre de virage que les chemins de fer. L'autre jour, Elisabeth, sa fille, avait mis huit heures pour monter en train depuis Londres. Il fallait mettre un terme à cette décadence. Ces histoires de drogue la préoccupaient. C'était même venu jusqu'ici, maintenant, jusqu'à Murrayfield. Le monde devenait fou. Ils parlaient même d'organiser des matchs de football, ici, dans le stade de rugby !

De nos jours, même les spectateurs des matchs de rugby devenaient mauvais, rien à voir avec les gentlemen d'autrefois. Maintenant, il fallait se coltiner des petits loubards une semaine sur deux et, pire encore, des gens de Glasgow. Ça voulait dire des grossièretés, des bouteilles de mauvais vin et des individus qui urinaient dans les rues et dans les parcs.

Pas très reluisant, tout ça, mais la drogue, c'était pire. On avait l'impression que ça envahissait tout. Sûrement grâce à des misérables comme le voisin de derrière, qui avait acheté sa maison, une grande et magnifique maison, avec l'argent de la drogue. Ça se voyait bien : les tatouages, les bijoux, les vêtements à la mode et la grosse voiture. Et tous ces gens bruyants qui venaient les voir. Leur façon de parler. En outre, ça ressemblait à un château fort depuis qu'il avait construit ce grand mur ; on ne pouvait même plus jeter un coup d'œil dans son jardin, maintenant. Une maison malfamée si jamais il y en eut. Bien sûr, au début, il était plutôt gentil, toujours à faire semblant, à dire « bonjour ». Mais par la suite, il avait montré son vrai visage, il s'était mis à jurer et à blasphémer lorsque Ross prit le dessus sur son pitbull. Une petite bestiole laide et méchante, mais Ross l'avait chassée. Ouais, il n'avait pas fait semblant !

Alors le pitbull s'était sauvé et avait attaqué un petit gars à l'école, du coup on l'avait euthanasié. Ce n'était pas sa faute, bien sûr : les animaux ne sont que le reflet de leurs maîtres. Ouais, on devrait plutôt euthanasier les individus du genre de son voisin, ce misérable du conseil municipal, se disait-elle avec une certaine satisfaction. Ça leur apprendrait à prendre soin de leurs animaux de compagnie !

Mais tout de même, Ross était bien silencieux. Il avait pourtant dû l'entendre arriver.

« Rossy… Rossy… »

Dès qu'elle atteignit son jardin, Mrs Jardine se mit à hurler, horrifiée à la vue des restes de son chien. Il avait été réduit en miettes. Elle n'en croyait pas ses yeux. Mais qu'avait donc dit l'imbécile de la Poste à propos d'un tigre ? Elle regarda un peu partout, mais aucun signe de tigre, bon sang, ni de quoi que ce soit d'autre.

« Ross… » gémit-elle.

Ce salaud, ce monstre de facteur ! La drogue lui était montée à la tête, lui avait vrillé le cerveau et il s'était jeté sur Ross comme un forcené. Ouais, ce n'était pas la première fois qu'il se plaignait de Ross, et voilà le résultat de sa rancune ! Mrs Jardine se traîna jusque dans la maison et téléphona au bureau de poste.

« Il a dépecé votre chien, dites-vous ? s'exclama d'un ton railleur Bill Niven, le directeur du bureau. Notre Malcolm ? Voyons, madame. Ce gars-là ne ferait pas de mal à une mouche.

– Mais… mais… mais… » bredouilla Mrs Jardine.

Elle entendit qu'on sonnait à la porte et raccrocha rageusement le combiné. Elle alla ouvrir. C'était Doreen Gow, sa voisine, complètement paniquée.

« Je peux entrer ? demanda-t-elle.

– Ce n'est pas trop le moment, sanglota Mrs Jardine. Ross…

– Le tigre l'a eu, cria Doreen. Il est là, dehors. Laissez-moi passer ! »

Elle bouscula Mrs Jardine pour entrer et claqua la porte derrière elle. Mrs Jardine se sentit offensée. À l'évidence, cette femme était aussi dingue que ce salaud de facteur, peut-être même plus. Elle avait toujours trouvé Doreen capricieuse, voire un peu dévergondée, mais elle ne se serait jamais attendue à une chose de ce genre. Ça prouvait bien qu'elle ne s'était pas trompée à son sujet.

« Est-ce que… Le petit gars de la Poste, il vous a donné quelque chose ? » demanda-t-elle à Doreen. Bon sang, la drogue avait probablement rendu folle cette traînée.

Doreen la regarda, l'air stupéfait. Il y avait bien le Tupperware.

« Il m'a apporté quelque chose », répondit-elle.

Mrs Jardine la dévisagea, dégoûtée.

« Et vous l'avez pris, cracha-t-elle.

– Ouais. Ouais, je l'ai pris », dit Doreen, en se demandant ce qui n'allait pas chez sa voisine. La vieille bique tournait peut-être sénile.

Mrs Jardine lui lança un regard dur. Quelle impudence ! Des fêtes, du bruit, pas étonnant que son mari soit parti. Elle s'était probablement vautrée dans la luxure avec ce facteur. Le pauvre Ross avait peut-être interrompu leur orgie de drogue et de sexe, alors, méchamment, ils avaient dû l'empoisonner et, pris d'un délire sanguinaire, le dépecer, le déchiqueter avec une scie électrique. Mrs Jardine jeta un coup d'œil par la fenêtre sur le jardin de Doreen. Sa porte était ouverte !

La vieille femme recula d'un pas, lançant un nouveau regard dur à sa voisine.

« Écoutez, tenta d'expliquer Doreen. Il y avait un tigre. Il s'est échappé du zoo, je crois. Il a eu Ross. Désolée.

– Je sais qu'il a eu son compte, sanglota Mrs Jardine, avant de défier de nouveau Doreen. Ouais… et ça te fait plaisir, hein ? Bon sang, ça te fait vraiment plaisir !

– Que voulez-vous dire ?

– Toutes ces niaiseries à propos d'un tigre. Toi et ton facteur. Tu n'as jamais aimé ce chien, l'accusa-t-elle, en larmes.

– Je l'ai nourri, répliqua Doreen, irritée mais sûre de son bon droit. Ne me dites pas que je n'ai jamais aimé Ross. Je l'ai nourri. »

L'indignation qu'elle affichait commença à pénétrer Mrs Jardine. Celle-ci prenait peu à peu conscience que Doreen et Malcolm n'avaient pas tué Ross. Elle se sentait moins belliqueuse.

« Mais si un tigre s'est échappé, pourquoi n'avez-vous pas donné l'alarme ? Vous avez laissé mourir mon Ross ! »

Doreen se hérissa de nouveau.

« Pour votre gouverne, dit-elle, les mains sur les hanches, Ross était déjà mort quand je me suis aperçue de ce qui s'était passé. Et j'ai essayé de faire quelque chose, j'ai tout de suite téléphoné au zoo. »

Puis, remarquant le chagrin qu'éprouvait Mrs Jardine, elle adopta une posture et un ton plus conciliants.

« Une jeune fille très sympathique m'a dit qu'elle allait me rappeler.

– Oh oui, oh oui... Et qu'est-ce qu'elle a dit ? »

Doreen la dévisagea dans un silence teinté de culpabilité.

« Eh bien, elle m'a conseillé d'appeler la police, confessa-t-elle finalement. Mais je ne l'ai pas fait. Après tout, qu'est-ce qu'ils y connaissent ?

– Pas faux », opina amèrement Mrs Jardine. La police avait suivi la même voie que la Poste et les chemins de fer. Il fut un temps où vous saviez au moins à quoi vous en tenir à leur sujet, même s'ils n'étaient pas si bons que ça. Maintenant, tout avait changé. Il y avait même un haut gradé de la police londonienne, un de ces hommes étranges qui aiment les hommes, et il encourageait les noirs à fumer de la drogue. Pas étonnant qu'il y ait autant de viols. Pas étonnant que des criminels comme celui qui habitait de l'autre côté du jardin se pavanent un peu partout, si la police est commandée par un troupeau de tapettes !

Doreen pensait à Ross, un animal qui pouvait se montrer contrariant.

« Après tout, Ross y était peut-être pour quelque chose, déclara-t-elle. Je veux dire qu'il a dû s'attaquer à ce gros chat. Le tigre devait se sentir seul, pourchassé. La dernière chose dont il avait besoin, c'était qu'un chien se jette sur lui ! »

La vieille dame, outragée, aboya sa réponse. Pour qui se prenait-elle, cette salope alcoolique, qui ramenait des hommes chez elle le week-end ?

« Vous ne savez pas de quoi vous parlez ! Ross était attaché ! Il ne pouvait rien faire ! Il ne pouvait pas se sauver. Il a été mis en pièces. Assassiné ! »

Doreen ne se laissa pas faire.

« Ouais ? Et qui donc l'a attaché ? Hein ? Hein ? Vous pouvez me répondre ? Qui a laissé le pauvre Ross sans défense ? Hein ? »

Ces mots se plantèrent comme des flèches dans la poitrine de Mrs Jardine. Elle regarda par la fenêtre et là, elle vit le tigre. Il était en train de pisser sur ses rosiers.

« Le voilà ! Le voilà, l'assassin sanguinaire !

– Quel magnifique animal, quand même », dit Doreen avec respect en regardant par-dessus l'épaule de sa voisine.

Mrs Jardine avait toujours les yeux fixés sur le félin. Elle sembla traversée par quelque chose. Ce monstre avait tué Ross. Il était couché là, à profaner son corps, à le dévorer à sa guise. Le tigre avait ouvert le corps meurtri de son chien, il en avait extirpé les entrailles. Avant que Doreen ne pût l'en empêcher, Mrs Jardine fonça vers un placard, prit un balai et ouvrit la porte du patio. Elle se rua dehors en hurlant.

« Tu as tué Ross ! Tu as tué Ross, salaud sanguinaire ! »

Le tigre se redressa sur son arrière-train et poussa un grognement sourd en direction de la vieille dame. Puis soudain, il bondit, arrachant d'un coup de patte la peau de son visage et de son cou. Doreen claqua la porte du patio.

Maintenant, au moins, elle est avec Ross et Crawford, pensa-t-elle en regardant la bête s'acharner sur le corps prostré, encore secoué de spasmes.

Enfin, elle y sera bientôt.

Tremblant de peur et totalement désorientée, Doreen dénicha le placard à alcools de sa voisine. Elle n'y trouva que du whisky. Elle s'en versa un verre et bu une longue gorgée, s'étouffant presque sous sa brûlure amère. La seconde fut plus agréable. Puis elle téléphona au zoo et reconnut la voix de la jeune fille de tout à l'heure.

« C'est bien vous à qui j'ai parlé un peu plus tôt ? »

La fille semblait se souvenir d'elle.

« Oh… Vous êtes la femme… Euh.

– Oui. »

Il y eut quelques secondes de silence.

« Bon, votre tigre, vous l'avez ou pas ? demanda Doreen avec impatience.

– Euh, je n'en suis pas vraiment sûre, admit la jeune fille. Et le vôtre, il est toujours en liberté ?

– Il est ici… Il est dangereux… C'est horrible », cria Doreen en regardant par la fenêtre.

Le corps de Mrs Jardine était couché à quelques mètres de celui de Ross. Le tigre semblait être parti. Non, en fait il était allongé à l'ombre de la cabane de jardin.

« Vous feriez peut-être mieux de nous donner votre adresse, s'aventura à dire la jeune fille. Non, je vous passe Gillian, reprit-elle, subitement soulagée. La voici qui arrive. »

Nouvelle pause sur la ligne.

« Allô, Gillian Forest à l'appareil. Vous êtes la femme au tigre ?

– Oui, mais ce n'est pas de moi qu'il s'agit. Chez moi, il est juste entré. Mais c'est chez ma voisine que ça s'est mal passé.

– C'est lequel, Khan ou Lady ?

– Que voulez-vous dire ?

– Eh bien, Khan est un mâle et Lady une femelle. »

Doreen était perplexe. Elle n'avait que peu d'expérience en matière de détermination du sexe des tigres. Quand elle était mariée à Callum, ils avaient bien eu un chat, mais ça remontait à loin et en outre, d'où elle se trouvait, il était difficile de juger de la chose. Cependant, elle trouvait plutôt pénible de voir l'animal mâchouiller Mrs Jardine. Il avait tiré à l'ombre son corps frêle.

« Comment se fait-il que vous n'ayez pas vérifié ? demanda-t-elle.

– Quoi ?

– Comment se fait-il que vous n'ayez pas vérifié ?

– Eh bien, Mr Turnbull est celui qui s'occupe des tigres en temps normal, mais il est en vacances et Davey est malade. Nous en avons un, ici, ça c'est sûr, mais l'autre est peut-être parti. Mais nous n'en sommes pas sûrs, parce qu'il est peut-être caché dans l'enclos bétonné. On ne peut pas vraiment voir dedans. Et les deux hommes qui s'en occupent sont absents aujourd'hui. Personne n'est habilité à entrer dans l'enclos, vous comprenez ? J'ai jeté un coup d'œil et je pense que c'est Lady qui a dû se sauver. Elle peut être chiante. Quelqu'un a dit qu'il avait vu la porte de l'enclos ouverte, la nuit dernière.

– Mais comment ça se fait ? »

Il y eut une pause avant que Gillian n'admît timidement :

« Quelqu'un a oublié de la fermer correctement.

– Eh bien, laissez-moi vous dire qu'elle a eu Ross et Mrs Jardine.

– Ross, le cougar ?

– Quoi ?

– Ross, vous parlez du cougar ?

– Ah ! Non. Ross, c'est le chien. Il ressemble à un doberman mais en fait, c'est un croisement entre un berger allemand et un rottweiler. Du moins, je crois que c'est ça… que c'était ça.

– Oh ! s'exclama Gillian, subitement soulagée. Mais ça ne s'est pas passé dans le zoo, alors. C'était à l'extérieur !

– Oui.

– Ça ne nous concerne pas vraiment, si ça s'est passé à l'extérieur, déclara Gillian, désormais satisfaite. Désolée. Je ne sais pas trop quoi vous suggérer… La police, peut-être.

– Très bien, salut alors. »

Elle raccrocha le combiné. La fille n'avait peut-être pas tort, après tout.

3

Goagsie Landles et Mona McGovern, sa petite amie, rentraient juste du Texas, une de leurs destinations favorites pour les vacances. La douane les avait arrêtés à l'aéroport, dans la file de ceux qui n'ont rien à déclarer, et ils étaient les seuls à s'être fait appréhender de la sorte. On avait méticuleusement fouillé leurs bagages. Goagsie avait dû payer une amende pour la seconde paire de santiags qu'il avait mise dans sa valise, mais heureusement pas pour celle qu'il avait aux pieds ni pour le Stetson qu'il portait.

Ben voyons, bienvenue à la maison, pensa-t-il amèrement.

Le top, ça serait un gros ranch au Texas. Le vaste pays, vraiment : personne ne se mêle de vos affaires, personne ne vous désapprouve. Pas étonnant que ce crétin de Bush ait un ranch là-bas. Pour un Écossais, le sud des États-Unis, c'était nickel. Là-bas, l'accent écossais, ça avait du poids, pas comme à Murrayfield, où ces salauds, ces snobs avec des mots plein la bouche vous regardaient de haut chaque fois que vous ouvriez votre gueule.

Lorsqu'ils regardaient Goagsie, ils ne voyaient que ses cheveux tondus et ses tatouages. Il savait bien ce qu'ils se disaient, qu'il avait payé sa maison (la plus grande baraque dans cette putain de rue, soit dit en passant) avec l'argent de la coke. Admettons, c'était vrai, mais c'était ses affaires. Heureusement, il avait un grand jardin et il avait demandé à Billy de venir nourrir le tigre, dans le grand enclos qu'il avait construit. Il avait toujours peur que quelqu'un prévienne les autorités, par exemple la vieille fouine dans l'un des petits pavillons à l'arrière, cette Mrs Jardine. Toujours à essayer de regarder par-dessus le mur. Vieille bique, toujours à fourrer son nez partout.

Le Texas. L'État à l'étoile solitaire. On lui donnait du « Oui, Monsieur » dans les bars et les restaurants de San Antonio et d'Austin. Là-bas, aucune différence entre un ouvrier de Pilton et un bourgeois de Murrayfield. Ouais, avec le prix d'une maison comme la sienne, on pouvait se payer un ranch respectable et il resterait même de la monnaie pour une écurie et quelques petits chevaux de merde. Même de quoi mettre tous les jours dans ton assiette un steak de la taille d'une planche de surf !

Ouais, j'emmerde la Grande-Bretagne et j'emmerde l'Écosse. Putain de cul-de-basse-fosse rempli de perdants. Bon, lui aussi avait commis quelques erreurs qu'il regrettait. Il ne pouvait pas s'empêcher de montrer Kipling aux gars, quand il faisait une fête. Mais parfois, ils venaient avec des pétasses, pas des filles qui connaissent la musique, non, des connasses à deux balles récupérées en chemin dans un quelconque nightclub, chez Ronnie, en général. Putains de commères : on sait jamais à qui on peut faire confiance. Ouais, c'est toujours le problème. Comme cette pétasse de Mona, là…

Il leva les yeux sur sa copine. Perchée sur ses talons, elle poussait son chariot à bagages quelques pas devant lui, moulée dans un survêtement argenté de styliste, des mèches platine dans les cheveux. Remontée comme une putain de pendule à cause de l'intoxication alimentaire qu'elle avait attrapée dans un restaurant de fruits de mer et qui l'avait empêchée de travailler son bronzage pendant la deuxième semaine. C'était elle qui avait voulu entrer dans ce boui-boui gerbant. Authentiquement mexicain, qu'elle avait dit. Authentiquement gerbant, oui, et pendant le restant de la semaine, la pauvre dinde n'avait pas su de quel côté se tourner vers la cuvette des chiottes.

Goagsie détestait le taxi. Pas digne de lui. Mais on lui avait retiré son permis. Ils mirent leurs bagages dans le coffre et allaient monter dedans lorsque Mona se cassa la figure. Un de ses talons venait de lâcher.

« Oh ! Bordel de merde ! » cracha-t-elle.

Elle portait les Gucci qu'elle aimait bien, et Goagsie éprouva une satisfaction légitime, vu qu'il lui avait chanté sur tous les tons la stupidité de mettre des talons hauts pour voyager. Il ne fit aucun commentaire, mais son sourire de crocodile voulait tout dire.

« Quoi ? » lança Mona en baissant sa vitre pour cracher son chewing-gum.

Goagsie se renfonça dans la banquette, le Stetson sur les yeux. On dirait qu'on a ramené la météo du Texas avec nous, pensa-t-il gaiement.

Il avait hâte de revoir Kipling. C'était la première fois en huit mois qu'ils se séparaient, depuis qu'il avait acheté le tigre à un cirque roumain en tournée en Grande-Bretagne. Quinze mille. Le petit jeune lui avait proposé d'inclure une fiancée pour trois mille de plus, il lui avait même montré un album photo, la totale. Et Goagsie était plus tenté qu'il ne l'avait laissé paraître. Les filles d'Europe de l'Est reviennent moins cher au kilomètre que les Mona. Mais non. Son futur, c'était plutôt les mystères de l'Orient. La prochaine fois qu'il changerait de chatte, il prendrait de la thaïlandaise.

George Turnbull, le gardien des gros félins au zoo d'Édimbourg, s'était au moins montré utile pour prendre soin de Kipling. Un bon gars, ce George. Bonne éducation, mais pas gonflé par sa propre importance comme certains.

Dommage, son problème de coke. Mais c'était son affaire. Ou plutôt, la sienne et celle de Goagsie.

La voiture progressait sans encombre le long de la voie réservée aux taxis. Elle s'enfonça dans la banlieue de la ville à travers Corstorphine, puis dans Murrayfield, et tourna dans l'allée de graviers de Goagsie pour s'arrêter dans un crissement de pneus devant sa porte. Goagsie sortit ses bagages et régla le chauffeur. Mona, toujours vexée comme une puce, boitait ostensiblement en direction de la maison.

Putain de hauts talons, et dans un avion… Putain, elle doit se marrer.

Il ouvrit la porte et posa les valises dans l'entrée. Billy, cria-t-il, mais aucun signe de vie du salaud. Il était pourtant censé s'occuper de Kipling et de la maison. Une rage acide lui remonta de l'estomac, lui laissant dans la bouche un goût métallique qui le fit déglutir. On ne pouvait pas compter sur ce connard. Il s'était probablement bourré la gueule à répétition, en négligeant ce pauvre Kipling. Ou bien ce petit crétin était peut-être planqué quelque part avec une pétasse.

Voyons si ce connard a laissé crever de faim mon Kipling…

Goagsie chercha partout dans la maison avant de sortir examiner l'enclos où il gardait son tigre, et la première chose qu'il vit, ce fut la porte de la cage, ouverte.

Oh non…

Un millier d'images de Billy lui traversèrent la tête, dont la plupart incluaient cet abruti, un fer à souder, une perceuse et une scie électrique. Puis une puanteur pénétrante lui agressa les narines, descendant jusque dans sa gorge, et il jura violemment. Quelqu'un l'avait précédé. Il y avait une masse informe sur le sol. Il parvenait à distinguer les lambeaux d'un maillot du club de foot des Heart of Midlothian, entremêlés dans un tas d'os. Une grosse flaque de sang avait séché au soleil. Goagsie s'approcha pour observer le crâne au visage déformé dont les deux yeux le fixaient encore, figés par la mort dans une expression de peur un peu stupide. De grosses mouches bleues dansaient autour du corps, vrombissantes. On les voyait entrer et sortir en volant par sa bouche et ses oreilles.

De toutes ses forces, Goagsie donna un coup de pied dans la tête, arrachant le peu de chair qui la rattachait encore au cou du cadavre.

Elle alla violemment s'écraser contre le mur de l'enclos, puis roula un peu avant de s'arrêter, les yeux de nouveau fixés sur lui.

« T'as de la chance que Kipling te soit tombé dessus avant moi, connard ! J'aurais pas été aussi gentil avec toi ! »

Il donna plusieurs coups de talon sur le crâne, jusqu'à ce qu'il commence à craquer sous ses bottes.

Mona le rejoignit à l'extérieur et se mit à hurler à la vue du carnage.

« Qu'est-ce que tu as fait à Billy !

– C'est pas moi, c'est Kipling. Cet abruti de Billy l'a laissé sortir !

– C'est toi... C'est ta faute, tout ça, Goagsie ! » souffla-t-elle pantelante, horrifiée.

Goagsie pointa sur elle un doigt menaçant.

« Je t'ai déjà dit que je n'aimais pas le mot "faute".

– Surtout quand cette putain de faute te concerne. T'es horrible, Goagsie, t'as aucune décence, aucun remords, même pour ce pauvre Billy !

– Ce putain de mongolien ? »

Goagsie montra du doigt les restes du corps qui maculaient le sol, parce que la tête écrasée à côté de lui n'évoquait plus rien de Billy.

« Ce jobard n'allait pas bien dans sa tête. Se balader comme ça avec un maillot de foot et une casquette des New York Yankees, on aurait dit un de ces couillons de l'assistance publique. C'était un putain de légume. Je suis même surpris que Kipling ait eu envie de le manger. C'est la sélection naturelle, bordel : Kipling est un prédateur, en haut de la chaîne alimentaire, et il contribue juste à l'ordre naturel des choses en mettant à l'amende des proies comme ce branleur de Billy.

– Billy était censé être ton ami !

– Billy travaillait pour moi. Il est devenu négligent. Il n'a même pas été capable de faire un boulot tout con, putain. Kipling lui a fait payer son erreur, conclut le dealer, les yeux soudain embués d'admiration. Il s'est débarrassé de ce connard avec style, quand même !

– Ouais, ben tu vas plonger pour ça, Goagsie. C'est moi qui te le dis. Tu vas aller en taule à cause de ce putain de tigre et ça sera bien fait pour toi, lança Mona en retournant à l'intérieur.

– C'est ça, t'as raison », cracha Goagsie.

Elle lui jouait la grande scène du trois, mais elle savait trop bien qui mettait du beurre dans ses épinards pour le balancer aux flics. Quant à ce putain de fantôme de Billy : maintenant, il fallait qu'il se débarrasse de son corps tout mâchouillé. On file à un mec un boulot tout simple. Juste un seul putain de boulot. Mais non ! Maintenant, le pauvre Kipling était probablement entre les mains des autorités, peut-être même mort, abattu avec indifférence par un crétin de flic tout excité à l'idée d'être autorisé à se servir de son flingue, à se prendre pour un putain d'expert des brigades spéciales d'intervention. Ils l'avaient déjà forcé à euthanasier ce pauvre Tyson, juste parce que ce petit gars portait cette stupide casquette – Tyson flippait toujours avec ces casquettes d'écolier. Mais Goagsie était décidé à ne pas perdre Kipling, un tigre du Bengale âgé de cinq ans et pesant deux cent quinze kilos. Pas après ce qu'il avait déboursé pour l'obtenir et toutes les dépenses qu'il avait engagées pour pouvoir l'héberger.

Goagsie passa au peigne fin l'ensemble du jardin derrière sa maison, mais il ne trouva que peu de traces de Kipling, et il avait du mal à déterminer où il avait pu aller. Pourtant, au bout d'un certain temps, l'idée germa dans son esprit : le tigre n'avait pu s'enfuir que d'une seule façon. Par-dessus le mur. Après avoir grimpé sur le toit du cabanon, il avait dû bondir sur celui de l'enclos et de là sur le mur mitoyen, puis dans l'un des jardins des petits pavillons derrière sa grande villa.

Il capta un relent d'excréments de son tigre, et se surprit à paraphraser un vieux poème :

Tigre, tigre étincelant,
Ta cage sent les excréments.
Tigre, tigre plein de verve,
Ta cage sent vraiment la merde.

Mais Kipling n'était pas dans la cage. Cependant, il avait peut-être tué Billy il y a un moment et bouffé ce qu'il pouvait tirer d'un salaud aussi fade que lui, avant de s'en aller. Peut-être n'était-ce que récemment qu'il avait fui le jardin. Dans ce cas, il y avait encore une chance de mettre la main dessus avant que la police ou les crétins de la mairie ne s'en mêlent !

En sortant, il tomba sur Malcolm, le facteur, dans l'allée de la maison.

« Euh, Mr Landles ?

– Ouais…

– J'ai quelque chose pour vous, là. Il faut que vous signiez. Le bon de réception.

– Merde… » souffla Goagsie.

Il était pressé, il n'avait vraiment pas besoin de ça maintenant. Il sentit sa mâchoire se décrocher dans un bâillement involontaire, comme si un inconnu au poing enveloppé de coton venait de le frapper. Le décalage horaire venait de le rattraper et il fallait qu'il trouve Kipling. Prenant le stylo des mains du facteur, il signa les bons sur les paquets et les posa sur le seuil.

Malcolm faillit lui faire remarquer qu'il avait signé sur chacune des deux boîtes, alors qu'il n'était censé le faire que sur l'une d'elles, mais connaissant la réputation de Goagsie Landles il avait peur qu'il le prenne à l'envers. Juste après les mots « qu'il le prenne à l'envers », il eut une remontée de défonce et sourit en imaginant Goagsie Landles et le tigre en train de baiser sauvagement. Dans sa vision, le tigre avait une bite striée d'orange et de noir et Goagsie se la faisait mettre… le chibre du tigre… « qu'il le prenne à l'envers » résonnait en boucle dans sa tête et il commença à ricaner.

« Tu te fous de ma gueule, mec ? » aboya le gangster, sa paranoïa subitement en éveil.

Oh putain, je suis pas dans la merde, là ! pensa Malcolm. Il croyait en la théorie selon laquelle la drogue, chez ceux qui en prennent, ne fait qu'accentuer ce qu'ils sont déjà. Dans ce cas-là, c'était gangster : des putains de paranoïaques à la base, qui ne se bourraient probablement de coke que pour justifier leur anxiété.

« Eh, je ne suis qu'un mec effrayé et un peu nerveux, il y a un tigre en liberté. »

Les yeux de Goagsie sortirent de lcurs orbites, comme au bout d'une tige.

« Montre-moi où ! » dit-il en poussant le facteur filiforme le long de l'allée.

« Kipling ! Kipper ! Mon petit gars ! »

Ils descendirent la rue jusqu'à la maison de Mrs Jardine, Malcolm et sa grosse sacoche essayant de suivre la démarche volontaire et musclée du baron de la drogue aux multiples tatouages. Mais arrivés devant la grille de Mrs Jardine, le facteur refusa de faire un pas de plus.

« Vous y allez seul, désormais, déclara-t-il.

– Vous n'avez pas appelé la police, hein ? » dit Goagsie d'un ton menaçant.

Pendant un bref instant, il envisagea de rajouter « connard » à sa phrase, mais décida finalement de s'en abstenir.

« Sûrement pas monsieur, répondit Malcolm en reculant. Je m'en vais, c'est pas mes oignons.

– Vous avez raison, mon pote, acquiesça sévèrement Goagsie en lançant un clin d'œil au facteur qui partait. On se reverra plus tard. »

Il s'engagea lentement dans l'allée qui longeait la maison jusqu'au jardin à l'arrière. En arrivant, il ne vit que deux corps, ceux de Mrs Jardine et de son dingue de chien. Puis il entendit qu'on frappait à une vitre et se retourna pour voir Doreen derrière les portes du patio en train de lui adresser des signes frénétiques. Elle montrait du doigt la pelouse derrière lui. Pivotant brusquement, il vit Kipling assis à l'ombre.

À la vue de Goagsie, l'énorme bête se leva et s'approcha de son prétendu maître. Après avoir goûté la chair salée de Billy, la viande dure du chien et l'en-cas maigre et filandreux que constituait Mrs Jardine n'avaient pas rassasié la créature affamée.

Goagsie s'approcha tandis que l'animal se ramassait sur lui-même.

« Kipper… Kipper… Couché, mon grand. »

Le tigre se détendit comme un ressort, en visant la gorge du gangster, grand de près de deux mètres. Outragé, ce dernier essaya instinctivement de mettre un coup de boule à l'animal, mais ne réussit qu'à fourrer sa tête dans la gueule grande ouverte. Les crocs percèrent le Stetson et se plantèrent dans le crâne de Goagsie. Les griffes puissantes le déchiraient, tandis que ses propres poings martelaient comme des pistons les flancs de l'animal. Il lui brisa une côte d'un puissant crochet du droit.

Doreen et Rena – arrivée entre-temps par la porte principale – regardaient la scène, en état de choc.

« Après tout, on pourrait peut-être prévenir la police », dit Rena.

Mais le tigre était en train de s'étouffer ; des vagues de bile remontaient de son estomac et se trouvaient bloquées par la tête de Goagsie et les bords du Stetson, coincés dans le gosier du gros chat. La bête essayait d'écraser le crâne du bandit entre ses puissantes mâchoires, mais l'occiput en forme de balle de Goagsie tenait bon ; l'animal s'étouffa peu à peu et tomba, entraînant dans sa chute le voyou toujours emprisonné.

Bien que le tigre ne fût qu'à moitié conscient et très affaibli lorsqu'ils arrivèrent, les tireurs d'élite de la police décidèrent de ne pas prendre de risques et lui mirent cinq balles dans le corps. Les pompiers durent se servir d'un levier pour séparer les mâchoires du gros chat mort et libérer le crâne de Goagsie.

Goagsie survécut, mais à cause de ses blessures à la tête, il ne fut plus jamais le même. Certains des membres de sa famille, intéressés par les primes de compensation, tentèrent de faire valoir qu'une des balles de la police l'avait touché, mais un examen médical approfondi écarta cette possibilité. D'anciens amis étaient désespérés de le voir donner à manger aux canards de l'étang d'Inverleith, en marmonnant dans sa barbe et en bavant. Les policiers qui l'arrêtèrent pour exhibitionnisme devant des écoliers furent surpris par leur propre émotion devant ce gros gangster, réduit aux larmes par la frustration. Mona le quitta pour l'un de ses associés, lourdement impliqué dans la candidature malheureuse de l'Irlande et de l'Écosse pour l'organisation conjointe de l'Euro 2008.

Désormais, il n'a que peu de contacts avec le monde extérieur, et passe le plus gros de son temps à regarder des vidéos ou à jouer à des jeux sur son ordinateur. Une seule exception, Doreen, qui passe de temps à autre avec de la soupe faite maison, dans un bol Tupperware.

LE TRISTE DESTIN DE KITTY DA SILVA

ALEXANDER McCALL SMITH

Il arriva avant l'agent et attendit environ une quinzaine de minutes sur le trottoir, jusqu'à ce que le jeune homme apparaisse au coin de la rue. Ce dernier sifflotait, ce qui le surprit, parce qu'on n'avait plus l'habitude d'entendre les gens siffler ; c'était inattendu, presque d'un autre âge. Et bien sûr, on n'entendait pas les oiseaux chanter, ou très peu. Chez lui, on entendait toujours les oiseaux chanter, on trouvait ça naturel. Ici, les matins semblaient silencieux, l'air vide de sons. Un air éthéré. Éthéré.

« Êtes-vous le médecin ? demanda le jeune homme en consultant un bout de papier qu'il avait tiré de sa poche. Vous êtes le Dr… Dr John, n'est-ce pas ? »

Il hocha la tête, puis s'arrêta lorsqu'il se souvint qu'ici, on le faisait dans l'autre sens. En Inde, on disait oui en hochant la tête de gauche à droite, et non de haut en bas. Un peu comme l'eau qui tourne dans un sens lorsqu'on vide une baignoire dans l'hémisphère Sud, et dans l'autre au Nord, du moins c'est ce que les gens racontent. Dans le sens des aiguilles d'une montre ou en sens inverse. Dextrogyre et sénestrogyre. Des mots magnifiques – dextrogyre et sénestrogyre –, il les avait notés sur son carnet des mots anglais merveilleux, comme il l'avait toujours fait depuis l'enfance. Un de ses oncles, qui enseignait l'anglais à l'Université, lui avait inculqué l'importance de maîtriser un vocabulaire étendu.

« Les Britanniques nous ont laissé un grand trésor lorsqu'ils sont rentrés chez eux, avait déclaré son oncle. La plus grande langue jamais parlée sur cette planète. Oui, je suis heureux de le dire, même en tant que patriote. Cette langue merveilleuse est notre legs et tu peux t'en servir au même titre qu'eux. Ce n'est pas anti-indien que de parler anglais. Cette absurdité nationaliste a privé d'anglais toute une génération. Sers-t'en mieux. Sers-t'en mieux ! »

Il avait donc imité la pratique de son oncle et inscrivait les mots intéressants dans son carnet. Il avait écrit dépréciatif. Crépusculaire. Ostensible.

Le jeune homme lui sourit.

« Vous êtes le Dr John Quelquechose, n'est-ce pas ? Ou peut-être juste le Dr Quelquechose John ? Ce n'est pas très clair sur ce papier, voyez-vous.

– Je suis le Dr John », répondit-il.

Il était sur le point d'ajouter : « C'est mon bon nom. »

Parce que c'est ainsi qu'on s'exprimait chez lui, mais il se refréna. Ici, on ne disait pas « bon nom », mais « patronyme ». Un mot étrange, comme ceux de son carnet. Patronyme.

« Oh, je vois, dit le jeune homme.

– Dans la région d'où je viens, en Inde, beaucoup de gens s'appellent John. C'est un nom utilisé par les chrétiens. Il y a beaucoup de John et de Thomas, en référence à saint

Thomas. Ce sont des noms du sud de l'Inde, vous savez ? Le Kérala.

– L'Inde », dit le jeune homme en rempochant son bout de papier.

Il attendit qu'il ajoute autre chose, ce qu'il ne fit pas. Mais il lui indiqua la porte d'un geste poli en lui précisant que l'appartement se trouvait au second et qu'ils feraient tout aussi bien d'y monter pour jeter un coup d'œil.

« Après vous », indiqua le jeune homme.

Il entra dans un couloir sombre, à l'odeur étrange – comme de la craie, ou de la pierre à l'abri du soleil, la pierre d'une cave. Il était sensible aux odeurs, il l'avait toujours été, et il associait les odeurs à des lieux, à des endroits particuliers, à des heures particulières. Ici, dans ce pays, dans cet air éthéré, les odeurs semblaient curieusement s'atténuer. Chez lui, il y avait eu l'odeur de l'humanité, celle de la mer, du port, ce remugle vert et gras qui parvenait jusqu'à la ville et même plus loin lorsque le vent soufflait dans la bonne direction. L'odeur du charbon, celle du pétrole brut, des épices des marchands et la puanteur riche et collante de la saleté, simplement la saleté. Mais ici les odeurs étaient ténues, voire inexistantes, juste de l'air.

À l'étage, une fois gravies les marches en pierre de l'escalier en colimaçon dont la rambarde aux barreaux de fer soutenait une rampe en acajou lustré, il attendit devant une porte bleu foncé tandis que le jeune homme farfouillait dans son trousseau de clés. Ils entrèrent. Le jeune homme ouvrit les volets – on les avait fermés – et fit remarquer que d'où ils se trouvaient on pouvait voir l'estuaire du fleuve Forth, par-dessus les toits. Le voyait-il, là ? Cette bande bleue ?

Le jeune homme sourit.

« Les gens apprécient la vue sur la mer, vous savez. J'essaie toujours de voir si les fenêtres donnent dessus. Les gens aiment ça. »

Il lui retourna son sourire.

« Je n'aime pas naviguer. Lorsque la mer se creuse, je suis sujet au mal de mer. Je ne suis pas très bon marin.

– Je ne suis jamais monté sur un bateau », dit le jeune homme en tripotant le petit bouton qu'il avait au menton.

En tant que médecin, il aurait voulu lui dire de ne pas toucher ce bouton : ça pouvait s'infecter. Les doigts sont un véritable vecteur d'infection, mais la plupart des gens ne le comprennent pas. Il se souvenait qu'à Delhi, lorsqu'il était étudiant, l'examen au microscope d'un prélèvement pris au hasard avait révélé les colonies grouillantes de vie obtenues par le laborantin. Tous ces organismes à la vie tellement bien remplie, si petits et pourtant si puissants. S'il avait été jaïniste, qu'en aurait-il pensé ? Ces derniers avaient-ils conscience des massacres qu'ils commettaient chaque jour en se lavant les mains, geste qui envoyait tourbillonner dans l'évier des villes entières, des dynasties entières d'organismes invisibles : pour elles, c'était un déluge, un châtiment biblique.

« Bon, dit le jeune homme. Qu'en pensez-vous ?

– Bien sûr. C'est très bien. Je le prends.

– C'est le bon choix », acquiesça-t-il.

Ils redescendirent ensemble et se quittèrent devant la porte, après s'être serré la main. Il regarda le jeune homme s'éloigner. Arrivé au coin de la rue, celui-ci se retourna et lui fit signe de la main.

2

C'étaient les gens avec qui il travaillait. Le Professeur, un homme grand à l'air distrait, son maître-assistant, une femme qui ne disait pas grand-chose, et ses premier et second chercheurs rattachés. Pour son premier jour au sein de l'équipe, ils s'étaient tous retrouvés dans le bureau du Professeur à l'université, d'où l'on apercevait, par-dessus la cime des arbres, les fenêtres d'un hôpital déserté. Lorsque la lumière le permettait, on pouvait même distinguer les salles communes qui avaient abrité plusieurs générations de lits. Il n'aimait pas les hôpitaux. Bien qu'il y eût travaillé, ils lui faisaient encore peur. C'est pourquoi il savait qu'il passerait sa vie professionnelle dans des laboratoires, à l'abri des événements qui se produisaient dans les salles et les couloirs d'un hôpital. Ici, il se sentait en sécurité, comme un officier des renseignements qui analyse des rapports d'activité de l'ennemi, loin du front. Auparavant, il avait déjà passé du temps à faire très exactement cela, analyser des rapports sur l'ennemi, observer des cellules qui prolifèrent, des coupes de tumeurs glissées entre deux lamelles. Juste comme des mouvements de troupes sur un champ de bataille ; juste la même chose.

Le Professeur l'avait accueilli et lui avait expliqué en quoi consistait leur travail. Il se sentait privilégié de faire partie d'un groupe travaillant aux frontières de la biologie, à l'étude de la différenciation des cellules souches, pour tenter de lever le mystère sur les processus chimiques à l'origine de la croissance de la vie humaine.

« Nous avons de la chance de pouvoir nous y consacrer, vous savez, avait déclaré le Professeur. D'autres sont coincés. Ils ne le peuvent pas. Nous, si. »

Puis il l'avait regardé en souriant.

« Vos compatriotes, ajouta-t-il avec un geste du menton vers la fenêtre, en direction de l'Inde. Vos compatriotes vont sans nul doute s'y consacrer aussi. »

Il regarda les autres membres de l'équipe, qui le dévisageaient. Le second chercheur rattaché, chemise à manches courtes, pas de cravate, à peu près le même âge que lui, s'absorbait dans la contemplation du plafond pendant le discours du Professeur. À un moment donné, il consulta sa montre, presque ostensiblement, comme pour souligner que son temps était précieux. Lui-même n'aurait jamais osé agir ainsi en Inde, où les professeurs pouvaient faire et défaire une carrière, parfois sur un simple coup de tête. Ici, apparemment, c'était différent. Il avait remarqué que le premier chercheur rattaché avait appelé le Professeur par son prénom, par un diminutif même. À Delhi, c'eût été impensable. Il avait parlé du Professeur Ghoshal en utilisant son prénom, mais jamais devant lui. Jamais. Pas une seule fois. C'était impensable.

Il se mit au travail. Il observait les cellules, surveillait ses bouillons de culture. Il les regardait au microscope et ressentait ce qu'il avait toujours ressenti : c'était un miracle, au même titre que les avaleurs de feu, la transformation de l'eau ou la lutte pour la vie. Il pensa à tous les gens chez qui on avait prélevé ces cellules et s'interrogea à leur propos. Quels désirs les avaient motivés ? La passion, l'envie d'avoir un enfant, le recours à l'indignité d'une conception assistée ? C'était l'amour qui motivait tout cela, comme tout le reste, d'ailleurs. Personne ne désire reproduire ce qu'il n'aime pas. La biologie a fait entrer l'amour dans l'équation ; l'amour nous a conduits à ces extrémités pour que nous nous perpétuions. Mais d'après le Dr John, pas grand monde ici n'y pensait. On avait affaire à des hommes de science, pour qui tout cela se résumait à des questions de chimie des cellules et de publications scientifiques. Subventions. Argent. Propriété intellectuelle.

Il regarda par la fenêtre qui faisait face à son bureau. Elle donnait sur une rue, une rue bien ordonnée, tellement propre, lui semblait-il, tellement contrôlée. Une fois, quelques jours plus tôt, il s'était aventuré dans le pub à l'angle de la rue. Ça sentait le tabac froid et l'alcool. Pourquoi les gens choisissaient-ils de passer du temps dans un tel environnement ? En Inde, on pouvait s'asseoir sous un arbre, dans le jardin, sur une de ces petites chaises en plastique blanc, et parler aux amis. Ici, on restait à l'intérieur, avec l'alcool, avec ces pâles personnes.

3

Il fut invité chez une famille de Kérala qui habitait Édimbourg depuis quinze ans. Il y avait un autre hôte, un jeune étudiant plutôt grand qui ne voulait parler que du sujet de ses études, quelque chose en rapport avec l'intelligence artificielle. À mi-chemin de la trentaine, le fils aîné de la maisonnée – environ quatre ans de moins que le Dr John – lui montra la voiture qu'il venait de s'acheter, garée dans la rue. Il en tirait une fierté démesurée, et lui en montra tous les accessoires. Le Dr John ne pouvait s'empêcher de sourire ; personnellement, les voitures ne l'intéressaient pas, mais pour ce jeune homme, ce véhicule constituait la preuve métallique de ce qu'il avait accompli. Il suivait une route qui l'amènerait à devenir expert-comptable.

« Dans ce pays, déclara le jeune homme, la main sur l'acier poli de la carrosserie, il y a moyen de faire des choses. Si on se laisse aider par les siens. En général, nous restons entre nous. Certains font autrement, c'est vrai. Mais je crois que c'est plus sûr comme ça.

– Plus sûr ?

– On peut se faire tabasser, répondit-il en frottant du doigt une rayure imaginaire sur la portière. Ou simplement humilier, et parfois, ça ne fait pas beaucoup de différence. Ne vous laissez pas leurrer par leur rhétorique. En Écosse, ce n'est pas mieux que partout ailleurs. Ils aiment bien penser qu'ils ne sont pas comme le reste du pays, mais… »

Il se sentit mal à l'aise. Il ne trouvait pas très poli de parler des gens en ces termes. Il s'agissait de leur pays, après tout, de même que l'Inde était le sien. Il n'aurait pas bien pris qu'un Écossais discute des défauts des Indiens en Inde. Question de courtoisie.

« Mais ne sont-ils pas tolérants ? »

Le jeune homme sourit.

« En surface. Et parfois plus profond que ça. C'est… Eh bien, c'est complexe. Le seul moyen c'est de le constater. Vous allez le constater. »

4

Sur un coup de tête, il entra dans une église épiscopale. Il passait devant et vit que l'office allait tout juste commencer. Il avait été élevé par l'Église de l'Inde du Sud, de culte anglican, et il savait que celle-ci en était l'équivalent local. Il s'assit au fond, un ou deux rangs derrière le reste de la petite congrégation. Une femme âgée se retourna et lui sourit, ce à quoi il répondit par un signe de la tête. Puis il s'intéressa à la liturgie, observant les mots familiers qu'il avait appris dans sa jeunesse, des mots qui lui donnaient un curieux sentiment d'appartenance.

Tôt, il avait perdu la foi. Il se souvenait du jour où cela s'était produit, quand il avait seize ans et qu'à l'école, le professeur chargé de l'instruction religieuse avait parlé de l'omnipotence de Dieu. Il s'était tourné vers le garçon assis à côté de lui avec un petit coup de coude :

« Si Dieu peut tout faire, pourquoi permet-il la souffrance ? Pourquoi laisse-t-il les mauvais s'en tirer ? »

L'autre garçon avait levé un doigt jusqu'à ses lèvres, pour qu'il se taise. Mais il avait insisté, et le garçon avait fini par murmurer :

« Tu n'es pas au courant ? Ce ne sont que des mensonges. Tout ce qu'ils nous apprennent ici, ce sont des mensonges. Aussi inventés que les dieux hindous. Ganesh et tous les autres. Fais juste semblant de croire ces mensonges jusqu'à ce que tu sortes d'ici, et alors tu pourras arrêter. »

Il avait fait semblant de croire, c'est tout. Plus tard, il avait su, lorsqu'il s'était trouvé face à la table de dissection de l'école de médecine, à regarder un corps étendu devant lui, le corps d'un colporteur itinérant peut-être, ou d'un saisonnier, un corps marqué par le travail et les épreuves. Il sut alors qu'il avait pris la bonne décision. Parce qu'il ne pouvait y avoir de Dieu omnipotent avec toute cette souffrance. Cela n'avait aucun sens, cela ne le réconfortait pas. Si l'on était en quête de réconfort dans cette vie, il valait mieux le chercher dans l'idée qu'on pouvait faire quelque chose face à cette souffrance. Pourtant, il se trouvait dans l'église, poussé par une pure solitude, à faire semblant de croire. Il regarda le symbole familier de la croix. Ça ne lui parlait pas d'un point de vue religieux ; il s'agissait de bien plus que cela : un symbole de son propre peuple, et pour lui le symbole des lumières par opposition à tous ces dieux et ces rituels hindous. Pourtant, il avait toujours trouvé ce symbole cruel – un instrument de mort, après tout.

Ganesh présenterait bien mieux avec son expression bénigne, sa compréhension éléphantine et ses cent quarante noms.

Il resta pendant toute la durée de l'office, à penser à chez lui. Il n'y avait aucune cure contre le mal du pays – aucune. On pouvait simplement attendre que cela passe, et il savait que cela passerait. À Delhi, il avait eu le mal du pays, au cours de sa première année d'études médicales, lorsqu'il vivait dans une auberge de jeunesse tapageuse connue pour la nourriture graisseuse qu'elle servait et sa musique bruyante. Mon problème est la solitude, pensa-t-il. J'ai besoin d'une vie de famille. J'ai besoin d'un endroit où retourner, un endroit où tout est familier.

Après l'office, une femme vint jusqu'à lui et posa la main sur sa manche.

« Rejoignez-nous pour le café, dit-elle. En bas. Vous serez vraiment le bienvenu. »

Il était sur le point de décliner l'invitation, lorsqu'elle ajouta :

« Êtes-vous du sud de l'Inde ? »

Qu'elle s'en fût rendu compte le toucha. Certains, au laboratoire, assumaient qu'il était musulman, ce qui montrait combien peu ils connaissaient le monde. Mais cette femme, avec sa franche invitation, savait.

« Oui, de Kochi. »

Il avait employé le nouveau nom, mais il se reprit ; elle n'était peut-être pas au courant. Et partout, les gens disaient encore Bombay.

« Cochin.

– Ah, Kochi, dit-elle. Nous avons eu quelqu'un de là-bas, il y a quelques années.

Un de leurs évêques, je crois. Une chasuble tellement colorée, dans mon souvenir. »

Elle le conduisit en bas d'un escalier, dans une salle où des gens s'agglutinaient autour d'une théière posée sur une table à tréteaux. Tandis qu'on lui versait sa tasse de thé, il se demandait ce que le jeune comptable, celui de la grosse voiture, aurait pensé de la scène. Sans doute aurait-il ri de le voir participer à ce qui dans les faits se présentait comme un raout religieux. Cependant, pourquoi devrait-on rire de gens qui tentent simplement de se montrer gentils ?

Debout, sa tasse de thé à la main, il discutait avec la femme qui l'avait invité. Mais soudain, elle fut appelée et il se retrouva seul. Il regarda autour de lui. Il n'avait pas besoin de rester plus de quelques minutes – assez pour paraître poli. Puis il pourrait retourner à son appartement attendre jusqu'au soir, pour aller voir un film quelque part ou manger un plat au restaurant, s'il se sentait d'humeur dispendieuse.

Sur le chemin du retour, il s'arrêta prendre un café dans le bar au bout de sa rue. Il s'installa à une table haute, et alors qu'il soufflait consciencieusement sur son café pour le faire refroidir, une jeune femme – peut-être deux ans de moins que lui, ou peut-être même de son âge – lui demanda s'il était en train de lire le journal posé sur la table. Il le lui tendit.

« Vous habitez dans l'appartement au-dessus du mien, non ? dit-elle. Je vous ai aperçu. »

Il ne l'avait pas vue. Il n'avait rencontré qu'un seul voisin pour l'instant, un homme entre deux âges qui vivait avec une femme plus jeune, au rez-de-chaussée.

Elle lui tendit la main.

« On devrait rencontrer ses voisins, déclara-t-elle en souriant. On ne sait jamais quand on aura besoin de leur emprunter quelque chose.

– Je serais heureux que vous m'empruntiez quelque chose. Quand vous voulez. »

Puis il se rappela qu'il n'avait pratiquement rien dans son appartement.

« Non pas que j'aie grand-chose à vous prêter. Je veux dire que je n'ai pas de nourriture chez moi. Pas de sucre, de lait ou le genre de chose que les gens empruntent. »

Son aveu la fit rire.

« Alors il faut que vous veniez dîner chez moi. Vous êtes d'accord ? »

Il hésita. On l'avait prévenu : dans ce pays, les gens disent des choses qu'ils ne pensent pas. On lui avait dit qu'une invitation ne signifiait pas nécessairement que l'on vous invitait. Ce n'était qu'une des façons de se montrer poli. Cette invitation entrait-elle dans cette catégorie-là, ou bien s'agissait-il d'une véritable invitation ?

« Quand ? », demanda-t-il.

Il avait posé la question sans réfléchir. Maintenant, si l'invitation n'était pas une vraie invitation, elle allait se sentir gênée. Elle pouvait difficilement répondre : jamais.

« Ce soir. Si vous n'avez rien de mieux à faire. Venez ce soir. »

Il accepta et ils se mirent d'accord sur sept heures et demie. De nouveau, il se souvint que l'heure ne devait pas toujours être prise au pied de la lettre. Sept heures et demie voulait peut-être dire huit heures moins le quart, ou peut-être même huit heures. Il avait envie de poser la question, mais se sentit trop gêné pour le faire. Alors il fit oui de la tête, en se souvenant de la secouer dans le bon sens pour ce pays, de faire non quand il voulait dire oui.

5

Elle s'appelait Jennifer, mais lui demanda de l'appeler Jen, comme tout le monde.

« Personne ne m'appelle plus Jennifer, à part ma mère. Les mères s'en tiennent à vos vrais noms, n'est-ce pas, même si le reste du monde vous appelle autrement. »

Elle travaillait pour une grosse compagnie d'assurances qui l'avait embauchée deux ans plus tôt, à sa sortie de l'Université. Pendant un an, elle avait sous-loué une chambre dans l'appartement qu'elle venait de s'acheter, mais s'était lassée de sa locataire, qui fumait et ne nettoyait jamais la cuisine.

« C'est la chose la plus difficile que j'aie jamais dû faire. Il a fallu que je lui demande de partir, et elle m'a regardé comme ça – un regard plein de reproche – en me demandant si j'avais pensé ça dès le début. "C'est dur de penser que vous avez partagé votre vie avec quelqu'un qui vous déteste", m'a-t-elle dit. Ce sont ses propres mots. C'était horrible. »

Il lui parla de l'appartement qu'il avait occupé à Delhi, quand il y exerçait. Son voisin de palier, un travesti du Penjab, s'asseyait sur le balcon pour chanter des chansons d'amour de Bollywood.

« Il prenait sa voix de falsetto pour les rôles féminins et un baryton pour les masculins. Mais ce qu'il aimait, c'était les rôles de femme. Ça se voyait.

– Je vois tout à fait la scène ! » s'exclama-t-elle en riant.

Il lui demanda si elle connaissait l'Inde.

« J'y suis allée une fois. Avec un ami, nous sommes partis en Thaïlande et nous avons fait une escale de cinq jours à Bombay à l'aller. On ne savait pas quoi faire. On était entouré par cette énorme ville, sans savoir vraiment comment en sortir.

– Je n'aimerais pas être piégé à Bombay. »

Il lui sembla qu'elle hésitait quant à sa remarque suivante, qu'elle évaluait la possibilité de lui donner son avis sur l'Inde. C'était ça. Personne n'aime vous dire ce qu'il pense vraiment, mais il savait.

« Vous pouvez me dire ce que vous en avez vraiment pensé. L'Inde vous a choquée, n'est-ce pas ? »

Elle but une gorgée de vin. Ils s'étaient assis dans le salon en attendant de passer dîner dans la cuisine.

« Oui. J'ai été choquée.

– Racontez-moi.

– Eh bien, je ne suis pas parvenue à faire abstraction de la pauvreté absolue de tant de personnes. Pas juste quelques-unes. Des millions et des millions de gens. Qui n'avaient rien. Qui vivaient dans des petits abris à côté de la route ou aux abords des gares, avec quelques haillons pendus sur des poteaux, au milieu de tas d'ordures fétides et de chiens qui se traînent parmi les détritus.

– Vous ne verriez pas cela dans le sud, dit-il, en ajoutant rapidement : mais je vois ce que vous voulez dire. Nous autres Indiens avons tendance à ne pas le voir. Ou bien nous le voyons, mais nous ne le percevons pas comme quelque chose d'exceptionnel, parce que nous l'avons toujours vu. Nous avons vu ces pauvres gens, ils ont toujours été là, comme les arbres, les rochers ou les nuages dans le ciel. Ils font partie du paysage. »

Il la regardait tout en parlant. Difficile d'expliquer cela à des gens qui ne comprenaient pas, qui pensaient que tout devait ressembler à leur petit bout de planète. Difficile de comprendre que les choses différentes l'étaient parce qu'elles l'étaient, parce qu'elles étaient le fruit d'une histoire différente.

« Ils font partie du paysage ? »

Il secoua la tête.

« Ne croyez pas que je suis insensible. Je suis d'avis qu'on fasse quelque chose pour régler cela, chez nous. Je vote pour ceux qui veulent faire quelque chose. Mais parfois, je me demande si c'est possible. Parfois, je pense que c'est impossible. Ils sont trop nombreux. Des essaims et des essaims de gens qui veulent une place dans une chaloupe de survie.

– C'est ce que vous pensez ?

– Oui. Il y a trop d'Indiens pour que l'Inde puisse subvenir à leurs besoins. C'est aussi simple que ça. Par bien des aspects, l'Inde est un pays riche. Nous sommes capables de lancer des satellites. Nous avons de grandes industries. Tout. Mais pour la plupart des gens, la vie est un combat. C'est pourquoi, si l'on veut arriver quelque part, il faut en sortir. Regardez tous les scientifiques qui travaillent dans l'informatique ou les médecins qui sont partis aux États-Unis. Ils s'en vont et ne reviennent jamais. Ils passent une annonce dans le *Times of India* pour trouver une épouse et ils fondent une famille là-bas. Et chacun d'entre eux, chacun d'entre eux pense : Dieu merci, je ne suis plus en Inde. »

Il fixa les yeux sur son verre de vin.

« Vous savez quoi ? reprit-il. Je ne sais pas si les gens d'ici comprennent nos sentiments. Nous regardons votre vie… La vie que vous menez en Occident, où tout est propre, tout fonctionne, où vous avez de l'argent, et nous nous disons : moi aussi. Moi aussi je veux cela. Je veux être là.

« Et ne ressentiriez-vous pas la même chose ? Si vous étiez l'une de ces personnes à Bombay, disons par exemple un instituteur qui travaille pour huit mille roupies par mois et qui voit qu'à Sydney, à Londres ou dans ce genre d'endroit, on paie quelqu'un dix ou quinze fois plus pour le même travail, voire pour moins de travail. Qu'est-ce que vous auriez envie de faire ? »

Elle sourit.

« J'aurais envie de quitter Bombay.

– Oui, dit-il. C'est exact. »

Elle réfléchit quelques instants.

« Le village global…

– Oui, mais il est parfois très difficile de vivre dans un village, vous ne pensez pas ? »

6

Elle avait préparé des pâtes, parce que c'est tout ce qu'elle avait en stock ce dimanche-là. Ils continuaient à parler tandis qu'elle le servait et remplissait son verre. Elle lui parla de sa brève liaison avec un ingénieur dans l'industrie pétrolière. Au bout de quelques mois, ils avaient découvert qu'ils n'étaient pas faits l'un pour l'autre et s'étaient séparés bons amis.

« Je suis très bien toute seule. Je me suis rendu compte que j'apprécie cette liberté. J'entre et je sors quand je veux. Le week-end, il m'arrive de ne rien faire, juste manger une conserve et lire le journal. Je n'ai pas à culpabiliser pour ça.

– Je préfère être avec des gens, répondit-il. C'est pourquoi c'est très difficile pour moi, ici. Je suppose que je me ferai des amis, mais je ne sais pas où aller. Où donc vais-je rencontrer des gens ? Si je fréquente la communauté indienne, ils vont juste tenter de me marier. C'est la première chose à laquelle ils pensent. Le mariage. Et les salaires. Je vous ai parlé du *Times of India* et de son supplément mariages. Il y a des rubriques réservées aux médecins, vous savez ? Des médecins qui en cherchent d'autres, ou des familles qui veulent marier leurs filles à des docteurs. Les gens pensent comme ça.

– Nous avons la même chose. On appelle ça la rubrique des rencontres. C'est très drôle. »

Il parut surpris.

« Pourquoi drôle ?

– Oh, je ne sais pas, dit-elle en haussant les épaules. Ne trouvez-vous pas étrange que des gens fassent leur autopromotion et déclarent qu'ils ont le sens de l'humour, qu'ils aiment aller au cinéma et ainsi de suite. Drôle et un peu tragique, je suppose. »

Il ne voyait pas ce qu'il y avait de drôle là-dedans. Pourquoi les gens ne se décriraient-ils pas, eux ou ce qu'ils font ? Était-il si étrange d'aimer aller au cinéma et de le dire ?

« Je vois que ça vous étonne, dit-elle. Je suppose que ce que nous percevons comme drôle peut sembler légèrement étrange. Mais vous vous y habituerez. Bientôt, vous rirez à des choses que vous n'auriez jamais trouvées drôles auparavant. Vous comprendrez la blague. »

7

Il la revit le lendemain, en rentrant de son travail. Il la croisa au pied de l'escalier, alors qu'elle descendait. Ils se saluèrent. Il s'écarta pour la laisser passer, ce qu'elle fit en souriant, puis aussitôt après, elle marqua une pause. Il s'était engagé dans l'escalier, mais il s'arrêta sur la première marche.

« C'était très gentil à vous de m'inviter hier soir, dit-il. C'était très bon. »

Elle fit un petit geste de dédain.

« Ce n'était rien. Je n'avais que des pâtes. La prochaine fois, je vous préparerai quelque chose de mieux. Qu'est-ce qui vous ferait plaisir ?

– Tout me va bien. Je ne suis pas difficile.

– Bien. Elle hésita, puis dit : bon, au revoir. »

Il n'avait pas envie qu'elle parte.

« Je pourrais faire la cuisine pour vous, lança-t-il précipitamment. Mon sac, là. Il y a du riz dedans et je peux faire une sauce. Je pourrais… »

Elle eut un sourire encourageant.

« Ça serait très sympa. Quand ? Ce soir ?

– Pourquoi pas ? »

Elle le complimenta sur sa cuisine, même s'il avait affirmé lui préparer quelque chose de très simple. Puis, à la fin du repas, elle regarda sa montre et suggéra qu'ils avaient juste le temps d'arriver au Filmhouse pour la séance d'un film qui l'intéressait. Il accepta aussitôt, et ils sortirent prendre le bus tout proche.

Ils descendirent au bout de Princes Street et marchèrent jusqu'à Lothian Road. Bien qu'on fût lundi et qu'il fût encore tôt, un petit groupe de gens excités par l'alcool se trouvait devant un bar, à tenter de convaincre les videurs de les laisser entrer. Ces derniers, taillés comme des boxeurs, barraient l'entrée de leur présence massive. Un des hommes du petit groupe se retourna et le dévisagea alors qu'ils passaient devant lui.

« Ne le regardez pas dans les yeux », murmura-t-elle.

Mais il avait déjà croisé le regard de l'homme, et vu l'expression sur son visage. Il détourna rapidement les yeux, pour les porter sur l'imposant immeuble d'une institution financière, de l'autre côté de la rue : pierre et verre, rationnel, fiable. Et derrière lui, cet éclat soudain qui ressemblait à de la haine, à de la colère peut-être. Pourquoi ? L'avait-il pris pour un musulman ? Était-ce cela ? Cet homme à l'air dégoûté faisait-il partie de ceux qui haïssent les musulmans à cause de tout ce qui s'est passé ? Et si j'étais musulman ? Si je savais que cette haine est réelle et me touche pour ce que je suis, au lieu d'être une haine par erreur ?

Quelques mètres plus loin, elle dit :

« Cet endroit est vraiment dégoûtant, la nuit.

– Pourquoi les gens boivent-ils autant ? En Inde... »

Il ne termina pas sa phrase. Ce n'était pas poli de critiquer, de la part d'un invité.

« On ne boit pas autant, en Inde ? Ça ne me surprend pas. C'est notre défaut national. »

Elle fit une pause.

« Nous sommes devenus un pays peuplé de rustres impolis. Agressifs. Imbibés d'alcool. Bienvenue dans l'Écosse moderne. »

Il ne savait pas s'il devait prendre ça au sérieux. Il la regarda.

« C'est vrai. Ça l'est vraiment », acquiesça-t-elle.

Le problème, pensa-t-il, c'est qu'on ne sait jamais si ce qu'ils disent correspond à ce qu'ils veulent dire. Quelqu'un pouvait très bien dire « C'est vrai » pour dire le contraire, et l'interlocuteur à qui la remarque s'adressait le comprendrait. Son oncle, l'enthousiaste de l'anglais, avait déclaré : « L'anglais, c'est très clair. C'est pourquoi cette langue est tellement utile. Elle est claire et précise. » C'est ce qu'il avait dit. Mais cet oncle n'avait jamais mis les pieds hors des frontières de l'Inde. Les Britanniques avec qui il avait parlé devaient probablement vivre en Inde depuis un bon bout de temps. En général, ces gens-là croyaient en quelque chose. Des gens passés de mode, qui voulaient dire ce qu'ils disaient.

8

Le samedi suivant, elle proposa de l'emmener faire une balade en voiture.

« J'ai une vieille voiture qui ne démarre pas toujours, mais on devrait pouvoir faire l'aller-retour avec. Tout juste. »

Ils suivirent la route vers le sud et tournèrent peu avant Tranent en direction de la côte de East Lothian. C'était une des dernières belles journées de l'automne, quand le temps semble s'excuser de son comportement pendant l'été, quand le soleil revient, mais plus distant, plus faible, ce qui rend la lumière si claire. Il regarda par-dessus les champs de chaume, par-dessus le bras de mer de Forth, bleu foncé, agité de petites vagues. La lumière réduisait les distances, et le petit groupe de collines de Fife semblait n'être qu'à deux ou trois kilomètres. Un bateau, un tanker, avait jeté l'ancre. Des vagues se brisaient contre sa proue dans une écume blanche.

Il chercha des mots pour décrire ce qu'il voyait. Le mot « propre » lui vint à l'esprit, mais Kérala, ou du moins certaines de ses parties, l'était aussi. Astiqué, peut-être ? Non, ce n'était pas ça. Et soudain, il se rendit compte que le mot qu'il cherchait était « septentrional ». Il avait déjà vu ce genre de lumière à Himachal Pradesh, près de Shimla, lorsqu'il s'y était rendu avec un groupe de jeunes médecins pour une conférence du ministère de la Santé sur les maladies infectieuses. Ils avaient séjourné dans un hôtel bon marché perché à flanc de montagne ; un après-midi, il avait regagné sa chambre, ouvert les volets et vu une lumière comme celle-ci. Au loin, les montagnes brièvement révélées avaient semblé si proches qu'on aurait pensé pouvoir s'y rendre à pied.

Ils traversèrent North Berwick, puis descendirent une route qui finissait dans un parking, sous de grands arbres plantés en cercle. Elle le guida avec confiance vers les dunes de sable par un chemin qu'elle avait l'air de bien connaître. Depuis qu'ils avaient quitté la voiture, le vent s'était levé, il le sentait contre son front et dans ses cheveux. Il n'avait qu'un fin pull-over et ressentait le froid, malgré le soleil qui couvrait d'or les herbes courbées sous le vent.

Une mer tellement différente, froide, sans cette odeur qu'elle avait chez lui. Des oiseaux tournoyaient et plongeaient dans les vagues, et des crabes se sauvaient de travers tandis qu'ils s'approchaient de l'eau.

Leurs mains s'effleurèrent brièvement, mais elle le regarda lorsque cela se produisit. Il fit semblant de ne rien remarquer. Il n'avait pas prévu quelque chose comme ça, qu'il aurait pu marcher sur une plage écossaise, seul avec une femme, sa voisine, et que leurs mains allaient s'effleurer.

« Nous pouvons aller jusqu'à ces rochers, là-bas, dit-elle. Vous les voyez ? Ceux-là. Puis nous pourrons rejoindre la voiture par un autre chemin.

– J'ai un peu froid, répondit-il en souriant. J'aurais dû prendre une veste.

– Oui, je vous l'avais dit, hein ? On ne peut pas faire confiance à ce pays. Tout change, juste comme ça. Vous pensez qu'il fait chaud et soudain, il fait froid. »

Au cours des semaines suivantes, ils se glissèrent dans une routine agréable. Elle venait toquer à sa porte en début de soirée et ils décidaient de qui ferait la cuisine. Parfois ils sortaient dîner dans un restaurant des alentours. Ils regardaient des films ensemble. Parfois, elle venait juste pour parler, pour se décharger du fardeau d'une dispute ou d'un malentendu à son bureau. Il lui parlait des gens dans son propre travail, des choses qu'ils disaient. Il tenta d'expliquer le projet dans des termes non scientifiques, et elle essaya de comprendre. Mais dans sa tête, elle le voyait penché sur son microscope, en train de tourner la molette de mise au point. Elle ne pouvait s'imaginer ce que ça serait de regarder des cellules toute la journée. Mais elle le voyait comme un héros, lancé dans une bataille pour découvrir les briques de la vie.

Petit à petit, il en apprit plus sur elle ; née à Penicuik, elle était allée à l'école là-bas ; son père était un fonctionnaire qui avait quelque chose à voir avec l'agriculture et les subventions aux paysans ; sa mère coupait les cheveux des gens à domicile ; sa sœur, partie vivre à Londres, y travaillait dans une radio privée. Elle lui parla de ses années à l'université Napier, lorsqu'elle vivait dans une piaule d'étudiant au-dessus d'une pizzeria, que son appartement sentait en permanence le basilic et la mozzarella, mais que personne n'y faisait plus attention, ils s'étaient habitués.

Un jour, au labo, alors qu'il buvait un café dans la petite salle réservée à l'équipe, au bout du couloir, un autre chercheur – celui qui se montrait le plus impoli avec le professeur – lui dit :

« J'ai vu que vous avez une petite amie, maintenant. Elle a l'air gentil. »

Il le dévisagea, stupéfait, puis il comprit.

« Je vous ai vus au restaurant, continua son collègue. Vous l'avez rencontrée ici ? »

Il regarda par terre. Il se sentait toujours embarrassé par ces choses-là. Qu'est-ce qui n'allait pas chez lui ? D'autres abordaient ce sujet très ouvertement, mais lui, jamais. Il avait toujours été timide.

« C'est ma voisine, dit-il. Son appartement est au-dessous du mien.

– Bien, acquiesça son collègue. Ramenez-la, un jour. Helen et moi voudrions vous inviter à dîner. Vous pourriez peut-être venir avec elle. »

Il attendit que l'invitation soit un peu plus explicite, mais ne voyant rien d'autre venir, il conclut que c'était le genre d'invitation qu'il ne fallait pas prendre au sérieux. Juste une façon de parler, c'est tout.

Ce jour-là, en rentrant chez lui, il se mit à penser à elle. Il se demandait quelle était la nature de ce qui existait entre eux. Il ne s'était rien passé, rien dans ce sens-là, mais il avait compris qu'il n'en avait pas le désir. Elle était une amie, une voisine ; pas une amante. Il tenta de se l'imaginer en amante, sans y parvenir. Une sœur, plutôt. C'était une relation platonique, une amitié entre un homme et une femme, semblable à celle qui émerge parfois en de telles circonstances, entre voisins. Il se souvint de ce samedi à East Lothian, lorsque leurs mains s'étaient effleurées, et qu'il l'avait vue le regarder comme si elle s'attendait à ce qu'il fasse quelque chose, ce que bien sûr il ne fit pas. Il ne fit rien : il sentait que ce serait comme toucher un ami de sexe masculin. Il n'avait pas envie de le faire. Le désir était tout simplement absent.

Il pensa que pour elle, il n'en allait peut-être pas de même. Elle semblait l'apprécier, vouloir passer du temps en sa compagnie. Mais si elle éprouvait une attraction de ce genre-là, il faudrait qu'il mette au clair, d'une façon ou d'une autre, qu'il ne la partageait pas. Cela pouvait s'avérer difficile. Il se voyait mal déclarer qu'elle ne l'intéressait pas ; elle pourrait se moquer de lui et demander d'où il tirait l'idée qu'elle ait pu éprouver un tel sentiment. La plupart des filles réagiraient ainsi. C'est compréhensible. Elles ont leur fierté.

Le rouge lui montait aux joues et la simple évocation de cette idée le mettait mal à l'aise. Un peu plus tard dans la soirée, lorsqu'elle vint frapper à sa porte et lui demanda s'il voulait partager son dîner, il joua avec l'idée de ne pas lui répondre, de faire semblant d'être sorti, mais la lumière de l'entrée était allumée et elle avait dû la voir filtrer sous la porte. Cette nuit-là, elle proposa d'aller à Glasgow le dimanche suivant. Elle conduirait, ils iraient voir la collection Burrell. Il hésita. Il voulut décliner, mais ne trouva pas les mots, alors il dit qu'il aimerait bien. Cela sembla lui plaire.

9

Lorsqu'il était allé visiter sa famille, à Kochi, avant de venir en Écosse, sa mère lui avait donné un gros album, relié dans du faux cuir rouge. Le genre d'album où l'on stocke ses photos de mariage avant de fourrer le tout dans un tiroir. Sur la couverture, cependant, s'étalaient en lettres dorées les mots « Ma Famille ». Pour que tu te souviennes, avait-elle dit. Aussi loin que tu ailles, il y a toujours ta famille. Toujours. Rien ne vaut un foyer, souviens-t'en.

Devant tout le monde, il avait ouvert l'album et tourné les pages cartonnées, noires et rigides. Sur chacune, elle avait placé la photographie en couleur d'un des membres de la famille, en commençant par ses grands-parents, sa grand-mère en sari rouge, son grand-père en pantalon gris avec une kurta blanche, toute simple. Puis ses parents, le jour de leur mariage, une photo qu'il connaissait bien. À l'extérieur de la petite église, sur la grosse grille en fer forgé, les mots *The Church of St Thomas, God be with You* avaient été ouvragés. Et son oncle préféré, celui qui aimait la langue anglaise, assis dans sa véranda, avec comme il se doit un livre dans les mains. Il parvenait même à en distinguer le titre, le *Golden Treasury* de Palsgrave.

L'album l'avait un peu embarrassé. Cela semblait tellement sentimental de posséder un objet appelé « Ma Famille ». Difficile d'imaginer ses collègues du labo en avoir un. Trop naïf, probablement ; comme le travail de ces artistes qui peignent des personnages à une dimension sur des décors dénués de perspective. Mais aujourd'hui, il le sortit du placard dans lequel il l'avait rangé, enveloppé dans un sac en plastique, et l'ouvrit. Dans les dernières pages, il y avait une photo de sa cousine, Francesca. Le cliché avait été pris en studio, sur un décor peint qui semblait représenter des nuages. On avait l'impression que le photographe avait pris

Francesca par surprise, en plein vol. Même ses cheveux paraissaient flotter dans le vent.

Francesca, très mignonne, avait environ deux ans de moins que lui. Amis depuis l'enfance, il fut content lorsqu'elle s'engagea avec un garçon qu'elle avait connu à l'école, le même garçon qui lui avait prodigué ses conseils théologiques, il y a tant d'années.

Il regarda Francesca et sourit. Elle pouvait lui rendre service, et il ne pensait pas que ça la dérangerait. Il dégagea soigneusement les quatre coins de la photographie de leur support. Puis il la mesura et nota les résultats. Au coin de la rue, il avait remarqué qu'un magasin vendait des cadres. Une femme s'en occupait. Assise derrière un comptoir à lire le journal, elle ne partait jamais, et il ne l'avait jamais rien vue vendre, pas une seule fois. Demain, il s'y rendrait pour acheter un cadre.

Il regarda la photographie de sa cousine et, prit d'une impulsion soudaine, l'embrassa. Francesca n'était pas comme Jen. Il avait toujours voulu embrasser sa cousine, depuis leur plus tendre enfance. Mais il ne l'avait jamais fait, bien qu'un soir, au cours d'une partie de cartes dans la véranda, elle se fût subitement penchée sur lui pour lui déposer un baiser sur le front.

« Tu sens l'huile de noix de coco », avait-elle dit.

À onze ans, il n'était pas sûr que ce soit un compliment, mais cela laissa en lui une trace brûlante. Aujourd'hui encore, il s'en souvenait avec le ravissement que l'on peut éprouver devant un plaisir illicite, un moment d'excitation érotique intense. Voilà ce qu'il voulait. Il voulait quelqu'un comme elle, comme Francesca, quelqu'un qui lui rappellerait les jours anciens et qui il était vraiment. Il fallait que ce soit quelqu'un comme ça ; pas quelqu'un d'ici, de cet endroit dénué de couleur, avec ses soirées froides et sa maigre lumière.

Le jour suivant, il acheta le cadre et glissa la photo dedans. Un cadre en argent, ou plaqué de quelque chose qui aurait pu être de l'argent et qui conférait au cliché de Francesca une certaine dignité. Elle était attirante, sa cousine. Il était fier d'elle. De son teint clair, comme l'aurait formulé l'annonce matrimoniale, et des filigranes du collier qu'elle portait sur la photo, délicats et de bon goût.

Il passa un moment à lui trouver sa place. Il ne fallait pas la montrer trop ostensiblement, parce que cela aurait l'air bizarre, presque comme s'il essayait de faire passer un message. Il y avait une petite table dans l'entrée, pour mettre les clés ou des papiers, mais cela ne convenait pas. Pas plus que la petite cheminée au-dessus du feu au gaz, dans le salon. Trop évident. Alors il opta pour la cuisine, sur l'étagère au-dessus de l'évier. Elle y allait pour remplir la bouilloire ou l'aider à faire la vaisselle, après leurs repas. En la poussant un peu vers le fond, cela aurait l'air naturel.

Il posa les yeux sur Francesca. Leurs regards se croisèrent, et il sentit un bref éclat de douleur. Elle-même n'aurait pas fait cela. Pourquoi ne peux-tu pas être honnête, tout simplement ? lui avait-elle demandé un jour. Il ne se souvenait plus à quel propos, mais la question l'avait laissé sans voix. Était-il malhonnête ? Il ne le pensait pas, mais si elle le voyait aujourd'hui, elle partirait d'un grand éclat de rire en lui disant : « Tu vois bien ! » Alors maintenant, tu me rends malhonnête, aussi.

Deux jours plus tard, il sonna à sa porte et l'invita à venir partager son dîner. Tandis qu'il parlait, son cœur battait fort dans sa poitrine. Elle lui sourit en acceptant.

« Je vous ai apporté quelque chose sur le Burrell, dit-elle. Vous pouvez y jeter un œil avant que nous allions chez vous. Voici. »

Elle lui tendit un livre dont la couverture souple affichait un vase imposant en guise d'illustration. Il l'examina, pris de honte par ce qu'il était en train de faire. L'art, c'est une question de vérité, non ? Lui-même n'essayait-il pas de la tromper, de tromper une amie ? Mais il ne voulait pas la blesser, cela, il ne le voulait pas. C'était le moyen le plus simple.

Elle arriva pour le dîner. Elle entra dans la cuisine pour l'aider à emmener les plats et l'espace d'un instant, il crut qu'elle avait vu la photo, mais ce n'était pas le cas. Ils mangèrent dans le salon, une petite pièce meublée de seulement trois chaises et d'une petite table, leur assiette sur les genoux. Elle parla d'un incident survenu au bureau, une dispute entre son directeur et un nouvel employé qui avait tourné à l'échange d'insultes. Il trouvait étrange qu'un employé pût parler ainsi à son patron et s'en tirer. Il se rappela l'impolitesse du chercheur, qui poussait désormais de profonds soupirs chaque fois que le Professeur parlait. Les gens sont moins respectueux, ici. Non, ils sont grossiers. Ce n'est que cela, de la grossièreté. Il s'était attendu à ce que tout fût si correct, si propre, si bien géré. C'était propre et bien géré, oui, mais ce n'était pas correct.

« Vous êtes bien silencieux, ce soir. Est-ce que tout va bien ? »

Sa réponse vint tout de suite.

« Oui. Oui. Tout va bien. »

Elle lui jeta un regard en biais.

« Je ne suis pas sûre de toujours savoir ce que vous pensez. Soudain, vous vous taisez. Vous froncez les sourcils. Voilà de quoi vous avez l'air. De ça. Vous voyez ? »

Elle rit, et il ne put s'empêcher de sourire. Il avait tendance à froncer les sourcils, et certains pouvaient trouver cela amusant, il le savait.

Soudain, elle se pencha et posa une main sur la sienne.

« Vous voyez, je pense que vous êtes… que vous êtes exotique, je suppose. Est-ce que ça sonne bizarre ? C'est comme ça qu'on nomme les plantes qui viennent d'ailleurs. Des plantes exotiques. »

Il la dévisagea. La main de Jen n'exerçait qu'une pression légère sur la sienne, mais il sentit que sa peau devenait plus chaude. Il avait envie de bouger la main, de la lui retirer, mais il ne le fit pas. Il ne baissa pas les yeux sur celle de Jen. Il ne dit rien. Il resta silencieux.

Un bruit de voix parvint de l'extérieur, de la cage d'escalier. Un homme un peu sourd habitait au-dessus. Il parlait à sa femme d'une voix forte, comme un sergent donnant un ordre pendant un exercice. Elle répondait en hurlant, d'une voix de plus en plus stridente.

« Ça recommence, dit-elle. Je suppose qu'ils ne doivent pas se rendre compte que nous entendons tout. »

Il sourit faiblement et retira sa main, pour débarrasser la table.

« J'ai préparé un dessert, un dessert indien. Je pense que vous aimerez ça. C'est avec de la glace et une sauce à base de noix. Vous aimez ça ?

– J'adore », dit-elle en se levant.

Ils allèrent dans la cuisine ; il posa les assiettes sales à côté de l'évier. Il s'écarta, pour la laisser passer, et il perçut à quel moment elle vit la photographie.

Au début, elle ne dit rien. Une bouilloire à la main, qu'elle s'apprêtait à remplir à l'évier.

Elle s'immobilisa, les doigts sur le robinet, mais sans l'ouvrir. Puis elle souleva lentement le couvercle de la bouilloire et commença à y verser l'eau. Elle se retourna, et vit qu'il la regardait. Il aurait dû poser les yeux ailleurs, pour que cela n'ait pas l'air aussi évident, mais il était incapable de bouger. Comme s'il avait fabriqué un piège pour une petite créature sans défense et que la créature était tombée dedans. Et maintenant, on ne pouvait plus rien y faire.

« C'est une nouvelle photo », dit-elle, la voix calme et posée.

Il était certain que sa nervosité se voyait.

« Oh, ça… Oui. Elle était dans… Elle était dans un placard. Ça fait longtemps que je voulais la sortir. »

Elle pivota à moitié pour la regarder de nouveau.

« Qui est-ce ? »

Il déglutit.

« C'est une fille.

– Ça, je le vois bien, dit-elle avec un rire forcé. Mais qui ? »

Il détourna le regard. C'est plus facile de mentir lorsqu'on détourne le regard.

« Elle s'appelle Kitty da Silva. Ce genre de nom – des noms portugais – est très courant à Kochi. À présent, les Da Silva sont indiens, mais ils portent encore ces noms de l'époque. »

Elle traversa la pièce pour brancher la bouilloire.

« Que fait Kitty da Silva ? »

Il réfléchit rapidement. Infirmière. Non, pas ça. Institutrice, peut-être. Ce serait mieux si elle était institutrice. Infirmière serait trop évident.

« Elle est institutrice. Dans une petite école... pour des petits enfants. C'est ce qu'elle fait.

– Vous la connaissez depuis longtemps ? demanda-t-elle, en ajoutant comme si elle venait d'y repenser : j'imagine qu'il s'agit de quelqu'un de particulier, pour vous. Avoir sa photographie. Je ne savais pas... »

Il ne parvenait toujours pas à la regarder.

« Un jour, je vous en dirai plus à son sujet, déclara-t-il. Puis, avec une joie forcée, il ajouta : ce dessert dont je vous ai parlé, il est dans le frigo. Laissez-moi prendre les assiettes. Ne bougez pas, je vais le faire. »

10

Il ne la vit pas le lendemain, ni le jour suivant. Il descendit frapper à sa porte, hésitant, plein de honte, mais il n'y eut pas de réponse. Il crut avoir entendu un son à l'intérieur, mais il n'en était pas sûr. Il envisagea de regarder par la fente de la boîte aux lettres, mais se rendit compte que si elle se trouvait à l'intérieur et qu'elle le voyait, cela viendrait simplement contribuer à rendre leurs rapports plus étranges. Alors il remonta dans son appartement et s'assit, incapable de se concentrer sur le travail qu'il avait ramené chez lui, quelques articles scientifiques qu'il devait lire. L'équipe devait se réunir dans deux ou trois jours pour faire le point sur les dernières publications. Mais il ne parvenait pas à absorber ce qu'il lisait, et parfois, arrivé à la fin d'un article, il se rendait compte qu'il n'en avait rien retenu.

Il s'était éloigné d'elle, se disait-il, et ce, sans que rien ne soit dit. Pas d'échanges gênants de regrets ; rien n'avait été dit. Et plus important que tout, elle n'avait pas dû se sentir rejetée. Il ne le voulait pas.

Mais elle lui manquait, et dans les jours qui suivirent, il s'aperçut qu'il pensait souvent à elle. Il frappa de nouveau à la porte de son appartement, mais, cette fois-ci, il savait qu'elle n'était pas là, et il remonta chez lui en se demandant ce qu'elle pouvait bien faire. Il assumait que le voyage à Glasgow et au Burrell était annulé. Et qui pourrait la blâmer de ne plus en avoir envie ?

Puis, le lendemain, en rentrant chez lui, il trouva un mot sous sa porte. Je dois passer deux jours à Dundee, disait le mot, mais je serai de retour samedi, tard dans la soirée. C'est toujours bon pour dimanche, à Glasgow ? Prévenez-moi, sinon. Laissez un message au bureau. Ils peuvent me joindre.

En finissant de lire le mot, il éprouva un accès de joie subit. Le genre de sensation qu'il éprouvait en lisant son nom dans la liste des reçus à un examen de l'école de médecine ; une curieuse et légère euphorie. Il alla à sa fenêtre pour regarder la rue. Il vit quelques passants, et ressentit une affection soudaine et inexplicable envers ces gens qu'il ne connaissait pas. L'un d'entre eux leva les yeux et l'aperçut. Il lui aurait bien fait signe de la main, mais cela ne se faisait pas, dans cette ville. Ils doivent connaître leurs moments de joie, du moins le supposait-il, mais ici, il n'y avait pas de processions, pas de danses dans la rue, pas de nuages de pigments colorés.

Ils déambulèrent dans le Burrell. Elle était restée plutôt calme. Pas froide, mais calme. En chemin, dans la voiture, elle avait parlé de Dundee et de son travail. Pas vraiment de silences, mais elle se montrait plus calme qu'à son habitude. Il se rendit compte que sa simple compagnie lui faisait plaisir. Il aurait voulu demander pardon, s'expliquer, mais il ne pouvait pas. Il finirait bien par penser à quelque chose. Il lui parlerait, il lui dirait. On pouvait toujours être honnête.

Ils s'assirent pour prendre un café.

« Comment un seul homme a-t-il pu se constituer une telle collection ? dit-elle. Ne trouvez-vous pas cela extraordinaire ?

– Il devait être très riche.

– Il l'était. Les bateaux. Les gens qui ont des bateaux peuvent être très riches. Tous ces Grecs.

– À Kochi aussi, il y a des armateurs. Des hommes importants. Très importants. »

Avec sa cuillère, elle dessina un motif dans la mousse laiteuse de son café. Il tendit le cou pour regarder ce que ça représentait. Une fleur, peut-être, ou un entrelacs semblable à ces motifs celtiques qui lui avaient paru si beaux, aussi beaux que les bords d'un manuscrit moghol. Les artistes sont frères, pensa-t-il. À travers les années et les siècles. Frères.

« Comment va Kitty da Silva ? demanda-t-elle soudain. Comment va-t-elle ? »

Pendant un moment, il ne dit rien ; un silence du cœur.

« Elle n'est plus. »

Elle leva les yeux en sursautant.

« Plus ?

– Elle est partie se promener dans la forêt, dans les collines. Un tigre l'a mangée. »

Elle lui jeta un regard abasourdi, puis, comprenant, elle éclata de rire.

QUE LE SPECTACLE COMMENCE !

IAN RANKIN

Une foule d'environ mille personnes le regarde. Le plus gros public qu'il ait jamais eu, probablement le plus gros qu'il aura jamais. Et il reste planté là, incapable de bouger. Ce bon vieux Mesmer, l'Hypnotiseur, n'aurait pas obtenu un meilleur résultat. Le truc dans l'hypnose, c'est que parfois c'est vrai et parfois, on se sert d'un complice. Parce qu'il y a une différence entre la magie et l'illusion. C'est ce qu'affirment aujourd'hui la plupart des magiciens célèbres. Des gens comme Penn et Teller, qui vous montrent même les secrets de leurs tours… Enfin, parfois. Et puis vous vous faites avoir par leur bluff à tiroir. Ils dévoilent ce que vous preniez pour le secret du tour en mettant à jour un autre truc, plus mystérieux et plus impossible à croire que le premier.

Et de même qu'un hypnotiseur a besoin de quelqu'un qui veuille bien se faire hypnotiser, chaque illusionniste a besoin d'un « pigeon » – c'est ainsi que les pros appellent ça –, un membre de l'auditoire qui va l'aider à réaliser son tour. Mais il faut que le pigeon soit crédule. Il doit tomber dans le panneau tout en participant à la réalisation du tour, en masquant les intentions du magicien ou en détournant l'attention des spectateurs.

Il en avait été témoin l'été dernier, dans High Street. C'était en fin d'après-midi, par une journée ensoleillée. Il avait vendu son dernier exemplaire de *Big Issues* et se promenait pour passer le temps. Tout le long de High Street, les spectacles gratuits foisonnaient ; des jongleurs, des chanteurs, des mimes. Des acteurs distribuaient des prospectus. Un acrobate évoluait sur un monocycle de trois mètres de haut. Il lançait des bâtons en l'air et les rattrapait. Il commença à en laisser tomber. Les gens applaudirent, par sympathie.

« N'applaudissez pas avant que je réussisse ! » cria-t-il.

Puis il demanda à une blonde au premier rang de les lui relancer. Il expliqua qu'il ne les faisait tomber que pour pouvoir lorgner dans l'échancrure de son T-shirt, ce qui déclencha les rires de la foule, mais Tiger n'arrivait pas à déterminer si cela faisait partie de son boniment habituel ou s'il rattrapait ses erreurs.

Il y pensait encore en déambulant devant les cafés noirs de monde. Les terrasses étaient bondées, et il envisagea de faire la quête, mais il savait qu'il ne le devait pas : vendeur de *Big Issues*, cela voulait dire travailler, non mendier. Toujours est-il que vendre le magazine devenait de plus en plus dur. Il s'installait toujours aux deux mêmes endroits, en respectant un horaire strict pour chacun d'eux. Certains vendeurs restaient plantés là, comme désolés devant leur triste sort. D'autres en faisaient trop, ils effrayaient le chaland. Tiger avait ses habitués, ceux qui s'arrêtaient pour une bafouille, qui lui donnaient parfois un peu plus qu'une livre, le prix du magazine. De temps à autre, ils lui payaient un café à l'échoppe d'à côté. La femme qui tenait cette échoppe avait un cœur d'or – c'est ce qu'aurait dit sa mère : un petit rouleau de bacon tous les matins, rien à payer.

Passer devant ces cafés lui réveillait un peu l'appétit. Il avait du liquide en poche, mais ici, ça serait trop cher. Il préféra s'arrêter devant un autre attroupement, du côté de St Giles. Il voulait juste faire une pause sur le Heart of Midlothian, cette mosaïque en forme de cœur sur le pavé de High Street qui, paraît-il, portait bonheur, mais ce qui retint vraiment son attention fut l'expression de dégoût sur le visage des touristes. Puis la voix de l'homme le saisit, l'attira, et il se retrouva à regarder un maître en plein travail.

Plus tard, il décrirait cet événement comme l'un de ceux qui vous changent une vie. Absolument.

L'homme s'appelait Domino. Pas Fats Domino, comme il le déclara à son public en se passant la main sur le ventre. John Domino. Ce n'était pas son vrai nom, ça lui permettait juste de feinter le percepteur, chose que Tiger comprenait. Il n'était pas né Tiger, après tout. À l'école, ils l'appelaient Tigger, du moins pendant les quelques années durant lesquelles il avait fréquenté l'école. Il sautait partout, sans arrêt, ce qui lui avait valu son surnom. « Vas-y Tigger, saute pour nous ! », et c'est exactement ce qu'il faisait. Comme si c'était de l'électricité et non pas du sang qui coulait dans ses veines. De la joie de vivre, selon sa mère. Mais l'école et les autorités ne l'entendaient pas de cette oreille. D'après eux, il était assez différent pour qu'on le qualifie de difficile. D'après les médecins, il avait besoin de médicaments pour canaliser cet excédent d'énergie. Mais le nom était resté, et évolua en Tiger avec le temps.

Tout cela, il finirait par le raconter à John Domino. Mais il fallait d'abord qu'ils fassent connaissance. Et Tiger eut envie de le connaître dès qu'il le vit en action, dès qu'il le vit choisir et travailler un pigeon dans la foule, un jeune touriste australien nommé Andy. Domino se tenait à côté d'Andy, lui posait des questions, lui tournait autour, lui serrait la main, commentait sa musculature en lui palpant le bras, lui tournait autour, lui demandait où il avait acheté sa veste, qui avait l'air imperméable, mais que lui avait-on donc raconté à propos de la météo écossaise ? Il parlait et il bougeait, sa langue était aussi rapide que ses mains. Le pigeon souriait, conscient qu'il se passait quelque chose. Effectivement, il se passait quelque chose. Derrière la tête d'Andy, Domino levait la main pour montrer à la foule la montre du touriste. Ensuite, il exhiba un passeport et un portefeuille. Il demanda l'heure à Andy, et lui rendit sa montre en lui conseillant de la passer à son poignet. Trente secondes plus tard, Domino la montrait de nouveau au public, et il avait dégrafé l'épaisse ceinture de cuir autour de la taille du pigeon. Bang-bang-bang… Si rapide et pourtant si contrôlé. C'était… On ne pouvait décrire cela que par un seul mot : hypnotique.

Une salve d'applaudissements pour Andy, puis quelques tours de cartes et un bonneteau, un pois chiche caché sous une des trois tasses retournées. Cinq livres pour quiconque devinait laquelle. Lorsque quelqu'un finissait par y parvenir, Domino lui tendait le billet. Salve d'applaudissements, mais quand les gagnants faisaient demi-tour pour s'en aller, Domino montrait à la foule le billet, de nouveau entre ses mains. Il fit passer le chapeau, tout le monde ne cotisa pas. La plupart s'en allèrent dès qu'il commença à faire la quête. Mais Tiger resta là, et Domino finit par arriver devant lui. L'homme le regarda et eut l'air de savoir. Il lui fit un clin d'œil et lui dit de ne pas s'inquiéter.

« Je voudrais…, commença à dire Tiger en sortant une pièce d'une livre durement gagnée.

– Je sais que tu voudrais, fils, lui répondit le magicien, et pour moi, c'est amplement suffisant. »

Par la suite, Tiger l'avait assailli de questions, tandis qu'ils marchaient côte à côte. Comment avait-il appris à faire tout cela ? Que pouvait-il faire d'autre ? Et la plus importante, d'après Tiger – avec ce talent, pourquoi n'allait-il pas jouer les pickpockets à Waverley Station ? Domino s'était tourné vers lui en effaçant le sourire qui barrait son visage.

« Je ne suis pas un escroc, fils, et je préférerais ne pas voir une cellule de prison de l'intérieur. Et toi ?

– Je me suis fait griller une ou deux fois, admit Tiger.

– Marrant, non ?

– Le thé était meilleur que celui qu'ils servent à l'assistance publique.

– Alors, tu fais quoi, maintenant ?

– Je vends le *Big Issues*. Mais le truc c'est que si je pouvais faire ce que vous faites… même une partie de ce que vous faites…

– Ce n'est pas le métier le plus facile pour percer, fils.

– Juste quelques trucs, c'est ce que je voulais dire... pour m'aider à vendre le magazine.

Vous savez, quoi, pour qu'il y ait un peu de spectacle. »

Domino réfléchit pendant quelques minutes.

« Je pourrais te montrer les bases. Mais après, il faudrait que tu t'entraînes.

– Pas de problème. »

À présent, ils étaient arrivés à la hauteur de South Bridge, et Domino regardait de part et d'autre de la rue.

« Le Cercle de Magie affirme que je ne suis pas censé le faire.

– À qui pourrais-je en parler ?

– Le Théâtre du Festival est juste là, non ? dit Domino en pointant un doigt long et fin.

– C'est exact.

– Alors, ça sera ta contribution à notre marché.

– Quelle contribution ?

– Le Grand Lafayette. Nous allons passer le voir. Peut-être qu'alors, tu comprendras… »

Un millier de spectateurs… Un ciel bleu… Des cris d'encouragement. Et il est dans une sorte de transe. On pourrait appeler ça du trac, mais ce n'est pas du trac. C'est plutôt comme s'il n'était pas là. Les jardins de Princes Street au mois de juillet. Le G8 est venu et s'en est allé ; le Festival est pour bientôt. Un été déjà complètement dingue et voilà qu'il se retrouve embringué dans tout ça. Un terrain synthétique sous les pieds et plus d'une douzaine de langues différentes qui résonnent dans ses oreilles. Castle Rock en guise de décor, des visages penchés au-dessus des remparts.

« Tiger, espèce d'idiot, t'es dans les vapes !

– Mais qu'est-ce qu'il a ?

– Réveille-toi, Tiger. T'as pas eu tes Frosties, ou quoi ? »

Ils étaient huit… Quatre dans chaque équipe. Les Écossais d'un côté, les Russes de l'autre. Premier tour de la Coupe du monde des sans-abri, et tout le monde se rend compte qu'il n'a plus de cran. Qu'il a du mal à faire face.

« Tu tournes au Valium, Tiger ? cria une voix.

– T'es sur un terrain de foot, pas en train de fourguer tes *Big Issues* sur un trottoir, espèce de branleur. T'es censé te bouger un peu ! »

C'est l'entraîneur des Écossais qui vient de lancer cette dernière remarque. Sa voix cassée par les deux paquets de clopes quotidiens qu'il s'envoie rompt le charme, au moment même où l'un des Russes tente de dribbler Tiger. Celui-ci tend une jambe apathique et fait tomber le joueur. L'arbitre siffle, tandis que l'entraîneur lève ses bras au ciel en demandant à Dieu ce qu'il a fait pour mériter ça. Le Russe – malingre, les joues creuses, les cheveux noirs coupés à ras (un peu comme Zidane, en fait) – regarde Tiger d'un air hargneux. Le truc marrant, c'est qu'il a un tigre en train de rugir sur son maillot. L'équipe des Russes s'appelle le S.P. Tigers – S.P. pour Saint-Pétersbourg.

« Désolé, mon gars », dit Tiger en tendant la main.

Le joueur la prend et se relève. Tiger lui donne une tape sur l'épaule. Mais l'arbitre demande au Russe de s'éloigner, il n'a d'yeux que pour Tiger : un regard, un carton rouge et un seul mot.

« Dehors ! »

Ce qui provoque dans l'équipe et dans la foule plutôt partisane un grondement de protestation. Mais Tiger ne fait pas d'histoires ; il se contente de trottiner jusqu'à la balustrade la plus proche et de l'enjamber. L'entraîneur hurle au gardien qu'il va aussi devoir jouer en défense, en laissant juste un milieu de terrain et un avant.

« Désolé, coach », dit Tiger, mais il est ignoré. La colère monte en lui, il foudroie son entraîneur du regard. Belle montre à son poignet : Tiger pourrait probablement la lui piquer. Du liquide dans les poches de son survêtement : il pourrait aussi lui piquer ça. Mais il se souvient de sa première rencontre avec Domino, de sa mise en garde, et la colère passe.

« Vraiment désolé », lance-t-il, à l'intention de personne en particulier. Puis il reste derrière la rambarde, à faire semblant de regarder le match.

« Le Grand Lafayette », disait Domino. Ils avaient ouvert les portes du Théâtre du Festival. Personne n'avait fait attention à eux ni posé la moindre question lorsqu'ils s'étaient engagés dans l'escalier. Deux membres du personnel tenaient la caisse ; il y avait du monde aux tables du café. Mais en montant, ils ne croisèrent pas âme qui vive. Lorsqu'ils atteignirent le troisième étage, Tiger était essoufflé. Domino montra un mur du doigt et le conduisit jusque-là. Des images encadrées, des pages tirées d'un programme de théâtre. Telle était la partie du marché que Tiger devait honorer : il fallait qu'il en apprenne plus à propos du Grand Lafayette.

Cela lui prit un certain temps ; la lecture n'avait jamais été son fort. Certains mots ne signifiaient rien pour lui, mais il comprenait l'essentiel. Lafayette avait été l'un des plus grands magiciens de son temps. On le connaissait sous le nom de « l'homme du mystère », et il avait fait le tour du monde avec une troupe forte de quarante personnes, plus des lions et des chevaux. Le spectacle était arrivé à Édimbourg en 1911, et devait assurer deux semaines de représentations au théâtre de l'Empire Palace, dans Nicolson Street. Lafayette avait du style – il résidait au Caledonian, tout comme son chien Beauty. Beauty disposait de sa propre chambre, de son propre lit. Tiger ne put s'empêcher d'en rire. Il trouva moins réjouissante l'anecdote à propos du lion. Il apparaissait sur scène dans une cage et se mettait à rugir, mais simplement parce que le sol de la cage était électrifié.

« Cruauté envers les animaux, murmura Tiger.

– C'était l'époque, argumenta Domino. Tu verras que l'un de ses numéros s'appelait "L'Évolution du nègre". Un numéro d'illusionniste au cours duquel un noir devenait blanc.

– C'est quoi, la "Sousa électrique" ?

– Sûrement un robot. Un acteur déguisé en robot, pour être précis, répondit Domino en tapotant le verre du cadre. Malgré sa cruauté, il adorait son chien… »

Mais Beauty était mort peu après l'arrivée de la troupe à Édimbourg – son maître considéra que c'était un mauvais présage. Et puis, dans la nuit du 9 mai, tandis que Lafayette attendait en coulisse, déguisé en lion, la scène prit feu. Le public put sortir, mais les acteurs et l'équipe n'eurent pas cette chance. Dix morts, parmi lesquels l'illusionniste lui-même. Il fut incinéré à Glasgow et ses cendres ramenées à Édimbourg. Mais pendant ce temps, les véritables restes de Lafayette furent découverts dans les sous-sols du théâtre. C'était sa doublure pour le numéro d'illusion du lion, qu'on avait incinéré à sa place.

« On l'a enterré à Piershill, dit Tiger à voix haute.

– À côté de Beauty, ajouta Domino. Houdini envoya une couronne. »

Tiger hocha la tête : une couronne, oui, en forme de tête de chien. Parce que Beauty avait été offert à Lafayette par Houdini lui-même. Tiger se redressa.

« Je ne savais rien de tout ça.

– Maintenant, tu es au courant.

– Et c'est ma partie du marché ?

– Je suppose que oui, et il va donc falloir que je remplisse la mienne. Alors… qu'est-ce que tu veux savoir ? »

La réponse ? Tout. Mais Domino avait hoché la tête. Le jour même, il avait commencé à enseigner des rudiments de jonglage à Tiger, à l'aide de trois pommes achetées au café. Ils allèrent s'entraîner aux Meadows, trouvèrent un coin de pelouse derrière le chapiteau du cirque. Un peu de jonglage, puis quelques tours de cartes basiques et la technique du bonneteau. Pendant les quelques pauses qu'ils s'accordèrent, Domino avait raconté des histoires sur les grands illusionnistes et donné quelques trucs pour travailler un public.

« Parfois, je fais les hôtels, avait-il expliqué. Le dimanche midi, lorsque les familles se pressent devant les buffets à volonté. On me paye pour travailler les tablées, prendre les clés dans les poches, faire apparaître et disparaître des choses.

Si tu veux voir de la magie de proximité, tu serais bien inspiré d'acheter un billet pour un spectacle de Jerry Sadowitz – il se produit quelque part dans le Fringe. Si tu veux creuser un peu, à Glasgow, il y a un magasin qui vend des accessoires. Les pros s'en servent comme d'un supermarché. »

Le soleil déclinait lentement derrière eux tandis qu'ils parlaient et qu'ils travaillaient. À la fin de la journée, ils échangèrent une simple poignée de main, car Domino déclina la proposition de Tiger d'aller boire un coup.

« Quel est le programme demain ? avait demandé ce dernier, la tête encore vibrante d'enthousiasme.

– Le programme ?

– Vous voulez que je vous retrouve dans High Street, ou plutôt ici ? »

Domino avait juste haussé les épaules en souriant, et Tiger sut qu'il ne le verrait pas le lendemain, ni aucun autre jour. Il ne pouvait pas expliquer comment ; il le savait, tout simplement.

« La psychologie, ça se résume à ça, avait déclaré Domino une ou deux heures plus tôt. Une compréhension basique des gens.

La meilleure manière d'apprendre est de les regarder.

– C'est ce que je fais toute la journée », avait répondu Tiger, et Domino avait acquiescé lentement.

Tandis que son professeur commençait à s'éloigner, Tiger sentit la morsure de la faim pour la première fois depuis qu'ils étaient partis de High Street. Il prit l'une des pommes et la croqua, puis la lança en l'air, les yeux fixés droit devant lui. Il la rattrapa et la lança de nouveau, en ajoutant la deuxième cette fois-ci. Il n'était pas si sûr de lui en ce qui concernait la troisième : elle était pleine de poussière, à force d'être tombée par terre.

Au coup de sifflet final, les Écossais ont réussi à obtenir le match nul, on ne sait trop comment. Tiger essuie les regards noirs de ses trois équipiers. Il tient un ballon de football dans la main et se demande comment on pourrait jongler avec trois ballons. On devrait pouvoir y arriver… avec suffisamment d'entraînement.

Pour lui, l'entraînement n'avait pas été chose facile, même après les cours de Domino. Il avait achoppé plusieurs fois et tout laissé tomber comme une vieille blague. Mais alors il repensait à Lafayette, à sa Mercedes personnalisée, une petite statue à l'effigie de Beauty au-dessus du radiateur. L'homme du mystère, vraiment : dans la vraie vie, c'était un juif allemand, il s'appelait Neuberger. Certains ont prétendu qu'il était remonté sur scène pour sauver son cheval. Tiger avait consulté la bibliothèque de George IV Bridge pour faire des recherches sur Lafayette. Le bibliothécaire, serviable, n'avait pas semblé se soucier du fait que Tiger ne ressemblait pas à un étudiant ou un professeur. Dans le spectacle de Lafayette, il y avait des nains déguisés en robot ou en ourson – deux d'entre eux avaient péri dans l'incendie. Un autre numéro faisait intervenir des colombes qu'on attrapait en plein vol. Tiger supposa qu'elles avaient un fil à la patte. On employait le même truc pour certains tours de cartes : la bonne carte se mettait à léviter au-dessus du paquet. On pouvait aussi poser une pièce sur une carte avant de la faire s'envoler – des fils très fins retenaient la pièce pendant qu'on manipulait la carte.

Il n'avait pas de quoi s'offrir des accessoires, alors il commença à se les fabriquer lui-même. Il dut s'acheter un jeu de cartes – en fait, trois jeux identiques. Certains trucs nécessitaient de disposer de la même carte en plusieurs exemplaires. Il apprit à les battre et devint bon dans l'exercice. L'un des habitués de l'asile de nuit d'Holyrood Road s'avéra être un ancien croupier. Aujourd'hui, ses mains tremblaient un peu, mais il pouvait encore montrer à Tiger comment battre les cartes avec classe. Ses doigts devenaient plus agiles, sa confiance grandissait. Au début, il ratait autant de tours qu'il en réussissait. Son public ne semblait pas lui en tenir rigueur. Ils souriaient, peut-être par sympathie, peut-être par gêne.

« Ne souriez pas avant que je réussisse », leur disait-il.

Puis il tirait une pièce de derrière l'oreille d'un enfant, ou faisait disparaître un chewing-gum en serrant le poing. Parfois, quand il n'y avait pas trop de monde, il jonglait. Il avait trois balles de tennis, trouvées à côté des courts des Meadows, coincées dans le haut des grillages ou dans les buissons alentour. Il n'avait jamais fait partie d'un club, il ne savait pas où on s'en procurait.

« C'est ton dernier match » grogne quelqu'un. C'est l'avant-centre, qui essuie la sueur dans ses cheveux avec une serviette. Il regarde l'entraîneur.

« Vaudrait mieux que ça se passe bien, coach, sinon je me tire, je le jure devant Dieu et Dennis Law.

– On verra, se contente de répondre le coach. Mais bien joué les gars : le fighting spirit, c'est ce qui nous a amenés là. »

Il se tait au moment où l'un des joueurs russes s'approche. C'est celui qui ressemble un peu à Zidane. Il tend la main à Tiger. Tiger la lui serre en hochant la tête. L'entraîneur applaudit.

« Bien joué, mon gars. Un peu d'esprit sportif est toujours utile. »

Il donne une tape dans le dos au Russe.

« Arkady, lance le joueur, les yeux toujours fixés sur Tiger.

– Tiger, répond ce dernier, sans lâcher la main de l'autre.

– Prenez-vous une chambre d'hôtel ensemble, murmure l'avant-centre sous sa serviette.

– Pollock Halls ? » demande le Russe.

Tiger comprend. C'est là que les équipes sont logées. Il hoche la tête pour faire savoir à l'homme qu'il le verra là-bas, puis mime le geste de porter un verre à sa bouche.

« Beaucoup, beaucoup, fait Arkady avec un sourire.

– Beaucoup, acquiesce Tiger.

– C'est aussi bien, déclare l'avant-centre. C'est pas comme si on avait encore besoin de vous ici… »

Il y a des bornes de jeux vidéo dans le bâtiment du réfectoire, et c'est là que Tiger retrouve Arkady, une main sur le joystick, l'autre qui tape sur les boutons de la machine. C'est un tournoi de football, des bruits de foule sortent des haut-parleurs. Tiger se dit que l'équipe d'Arkady est en rouge. La machine gère ses adversaires en noir. Il se rend rapidement compte qu'il a tort.

« Je pensais que tu avais les rouges. »

Arkady ne quitte pas l'écran des yeux.

« Pourquoi ?

– C'est la couleur de la Russie, non ?

– La couleur communiste, le reprend Arkady. Tu as une vieille idée de la Russie. »

Deux des coéquipiers d'Arkady passent à côté d'eux, toujours en tenue. Ils lui disent quelque chose. Quand Tiger se tourne vers eux, ils font des signes avec la main, comme s'ils tenaient un carton rouge. Tiger se force à sourire.

« Tu es le seul de l'équipe à parler anglais ? demande-t-il à Arkady.

– Oui.

– Tu l'as appris où ? »

Le Russe appuie sur pause au moment où le goal à l'écran se prépare à faire un six-mètres. Il s'essuie la main sur son jean.

« Tu es un espion ? »

Tiger rigole.

« Mon Dieu, non, je posais juste une question...

– Tu es un chrétien ?

– Je ne suis rien en particulier.

– Mais tu utilises le nom de Dieu.

– Uniquement pour jurer. »

Arkady reprend son jeu et Tiger tente de trouver autre chose à dire.

« Marrant, non ? finit-il par déclarer. Ton équipe, c'est les Tigres et moi, je m'appelle Tiger. »

Le Russe se concentre sur son écran.

« Ce que je veux dire, insiste Tiger, c'est que c'est une grosse coïncidence. Soit une coïncidence, soit ça devait arriver. »

Nouvelle pause.

« J'ai beaucoup pensé à ça ces derniers temps, à comment les coïncidences peuvent parfois être des signes ou un truc de ce genre.

– Des signes ? »

Il a finalement éveillé l'intérêt du Russe.

« Des choses qui sont censées se produire, explique-t-il. Le destin et tout ça. Tu vois, j'ai rencontré ce type, il y a un bout de temps… en fait, presque exactement un an… et il était… C'était comme si on devait se rencontrer, tu vois ce que je veux dire ? »

Arkady a toujours les yeux fixés sur l'écran, mais Tiger peut y voir son reflet. Leurs regards se croisent.

« Je ne suis pas gay ou un truc comme ça, se défend Tiger, si c'est ce que tu penses. »

Il voit Arkady hausser les épaules.

« C'est juste qu'il m'a aidé. Il n'était pas forcé de le faire, mais il l'a fait. Et je ne suis toujours pas sûr de savoir ce qui m'a poussé à aller l'embêter. Dès le début, c'est moi qui suis allé vers lui. Avant, je ne m'intéressais pas à la magie.

– La magie ?

– Les illusions, les tours de cartes… Tous ces trucs. »

Tiger regarde le score à l'écran. Arkady joue au niveau expert, et il mène quatre à zéro.

« Tu es bon, dit-il.

– Je m'entraîne.

– À Saint-Pétersbourg ? »

Arkady acquiesce.

« Le centre d'hébergement a une Play-Station.

– Ouais, certains en ont aussi, ici. »

Tiger suit l'action pendant un moment.

« Tu veux jouer ? demande le Russe.

– Non, ça va. Tu as l'air de te débrouiller très bien tout seul.

– Je veux dire, jouer l'un contre l'autre. »

Tiger fait la grimace.

« Pas vraiment mon truc. Je ne suis pas très sûr d'être compétitif.

– Mais tu joues au football ?

– Dans la vraie vie, ouais… Le mardi soir… Cinq joueurs par équipe, à Porty, quand j'arrive à gratter le prix du ticket de bus.

– L'argent est un problème. »

C'est une affirmation ; Tiger ne peut que hocher la tête.

« Ton anglais est presque meilleur que le mien, déclare-t-il en guise de réponse. Tu étais bon à l'école ?

– Pas vraiment.

– Alors, tu l'as appris où ?

– À l'armée.

– Il était une fois un type qui avait songé à s'enrôler : moi. Je me disais que je pourrais apprendre un métier et ensuite me faire virer pour cause d'invalidité. »

Tiger sort une boîte à rouler de sa poche. Il en ouvre le couvercle avant de se souvenir qu'on n'a pas le droit de fumer. Il en tire quand même une roulée, avant de proposer la boîte à Arkady.

« Je fume pas.

– Tu dois être le seul troufion dans ce cas-là, dit Tiger en glissant la cigarette fine et un peu froissée entre ses lèvres. Tu as tiré combien de temps ?

– Six ans.

– Tu as vu de l'action ?

– L'Afghanistan.

– Tu m'as pris pour une bille ?

– Une bille ?

– Un imbécile… Tu te fous de moi, quoi…

– Je suis pas un menteur, déclare le Russe.

– Bon sang, Arkady, mon ami ! »

Tiger réfléchit quelques instants.

« J'imagine que tu n'as pas ramené une boulette d'Afghan ? »

Aller-retour à Glasgow, tarif réduit. Prix spéciaux pour l'hiver. Un mois de janvier glacial, Tiger débarqua à Glasgow. La première chose qu'il vit en quittant le terminal des bus, c'était un gars en train de vendre des *Big Issues*. Pas l'ombre d'une carte d'accréditation de vente. Ils étaient censés les porter bien en vue. Cela voulait peut-être dire que le gars avait trouvé le tas de magazines ; ou qu'il tenait la place au chaud pour quelqu'un d'autre. Tiger tourna la tête. Aujourd'hui, il jouait les touristes ; il ne voulait pas que quelqu'un reconnaisse en lui une âme sœur.

Au mois d'août, Domino avait mentionné un magasin de magie à Glasgow. Et maintenant qu'il avait appris certains trucs du métier, si l'on peut dire, Tiger pensait qu'il devait aller y faire un tour.

Le magasin en lui-même était tout sauf imposant. Situé dans une petite ruelle, derrière

Argyle Street. La vitrine avait besoin d'un coup de propre ; la porte était doublée d'un treillis métallique. L'endroit aurait semblé être fermé sans le néon allumé au plafond. Tiger poussa la porte. Intérieur exigu. Un long comptoir avec un revêtement en verre, sous lequel on voyait plusieurs farces et attrapes. Derrière le comptoir pendaient des masques en caoutchouc de politiciens et de monstres de cinéma. Sur le mur d'en face, un autre présentoir vitré contenant des articles un peu plus chers. Deux hommes examinaient le contenu de ces étagères et Tiger fit semblant de les imiter. Il vit un fez et une baguette magique, un haut-de-forme et un mouchoir à quatre nœuds, et tout autour l'équipement nécessaire pour faire des tours de cartes, de pièces ou de lévitation. Il y avait une vendeuse derrière le comptoir. Elle s'éclaircit la gorge.

« Vous cherchez quelque chose en particulier ? »

Tiger se tourna à moitié vers elle.

« Je jette juste un coup d'œil », dit-il, surpris par le tremblement dans sa voix.

Les hommes regardaient dans sa direction. L'un d'eux avait un jeu de cartes à la main ; il les battait sans arrêt, de façon élaborée.

« Un déguisement, peut-être », demanda la femme.

Tiger secoua la tête. Il s'était retourné pour faire face au comptoir. Chewing-gum au poivre ; ongle qui traverse le doigt ; savon noir ; poudre à péter ; dents de vampire ; coussin péteur ; cigarettes explosives ; faux yeux ; merde de chien.

« Vous voulez une cacahuète ? » dit-elle en commençant à ouvrir le couvercle d'une boîte.

Tiger tendait la main lorsqu'un serpent vert surgit de la boîte et bondit vers lui.

« C'est un article très populaire », expliqua-t-elle.

Tiger ramassa le serpent et le lui rendit.

« Il a un ressort, commenta-t-il.

– Gros succès dans les soirées.

– Tiens, mon gars, choisis une carte, lui proposa l'homme au paquet.

Il lui présenta le jeu en éventail et Tiger en prit une.

« Ne me la montre pas. Remets-la juste dans le paquet.

– Pour quoi faire ? demanda Tiger en montrant la reine de cœur. Ce sont toutes les mêmes. »

Le deuxième homme éclata de rire et posa sa main sur l'épaule de Tiger.

« Il t'a eu, Alfie !

– Je vous ai eu aussi, dit Tiger en le regardant. Il n'y avait rien à prendre dans ma poche, hein ? »

Ce fut au tour de l'homme au jeu de cartes de rire.

« Ce petit gars est l'un d'entre nous, Kenny. Je ne t'ai jamais vu dans le coin, pourtant.

– Je vis à Édimbourg.

– Alors comment nous avez-vous trouvés ? demanda la vendeuse.

– Un type qui s'appelait Domino m'a parlé de vous.

– John Domino ? dit Alfie en fronçant les sourcils et en glissant le jeu de cartes dans sa poche.

– C'était quand ?

– Vous le connaissez ? demanda Tiger.

– Il passait dans le coin, concéda Alfie.

– Mais ça fait des années, ajouta Kenny. Il faisait les clubs de mineurs, un peu partout dans le pays. Dans les années soixante-dix, début des années quatre-vingt. Je pensais qu'il avait canné depuis longtemps.

– Je l'ai vu il y a quelques mois.

– Il est dans un foyer ?

– Il travaillait sur le Fringe », dit Tiger en hochant la tête.

Les sourcils de Kenny se froncèrent encore un peu plus.

« À son âge ?

– C'est peut-être pas le même gars », dit Tiger.

Il poursuivit en décrivant Domino.

« Ça lui ressemble, confirma la vendeuse.

– Son fils, peut-être, supposa Alfie. Le vieux John aurait dans les soixante-dix ans. Impossible qu'il ait l'air d'en avoir quarante.

– À moins qu'il ne se baigne dans le sang d'une jeune vierge ou quelque chose comme ça, ajouta Kenny.

– Il a peut-être transmis ses secrets à une doublure, déclara la vendeuse.

– Comme Lafayette, acquiesça doucement Tiger. Il se servait d'une doublure pour certains de ses tours. »

Kenny lui lança un long regard.

« Domino était obsédé par Lafayette, dit-il. Quand dis-tu que tu l'as vu ?

– Au mois d'août dernier. »

Kenny et Alfie échangèrent un regard. Tiger s'aperçut que la vendeuse avait disparu :

pas dans un nuage de fumée, cependant. Il y avait une porte qui conduisait à l'arrière-boutique. Elle s'ouvrit et la femme en sortit, une photo encadrée entre les mains. Elle souffla la poussière qui s'était accumulée dessus.

« Ça vous dit quelque chose ? » demanda-t-elle.

Il s'agissait d'une affiche pour un spectacle de variétés, datée de 1968. Des photos noir et blanc des participants : un comédien en nœud papillon et chemise élégante ; un ventriloque bras dessus bras dessous avec un ours empaillé ; des danseuses en minijupe… et l'Hypnotique Domino. C'était une photo de John Domino, mais il arborait une grosse moustache et des lunettes ovales, du même genre que celles que portait Lafayette sur scène.

« C'est lui tout craché, concéda Tiger.

– On dirait qu'il est encore dans le coin, alors, dit la vendeuse.

– Vous le connaissiez aussi, à l'époque ? »

Tiger se sentait suffisamment en confiance pour poser la question. Mais elle semblait comprendre le sens de la véritable question qui se cachait derrière celle qu'il avait posée. Ses yeux portaient la marque des années, de l'excès de maquillage. Tiger sut tout à coup qu'elle avait été l'assistante d'un magicien, peut-être même l'assistante de Domino. Elle reporta son attention sur l'affiche, puis alla la replacer sur le mur sans rien dire.

« Il t'a emmené voir Lafayette ? » demanda Kenny en brisant le silence qui s'était installé.

Tiger se contenta de faire oui de la tête.

« Tu devrais y retourner, pour jeter un autre coup d'œil », rajouta Kenny.

Ce dernier porta vivement sa main à l'oreille de Tiger et la ramena en tenant une carte de visite aux angles cornés.

« Si jamais tu as besoin de nous contacter. »

Tiger fit mine de la mettre dans sa poche, puis lança sa propre main à l'oreille de Kenny et fit réapparaître la carte de visite.

« C'est un bon, dit Alfie.

– J'ai eu un bon professeur.

– Il a eu beaucoup d'autres élèves avant toi », dit Kenny.

Les deux hommes se dévisagèrent. Kenny devait avoir dans les cinquante ans... Pas moyen que Domino l'ait eu pour élève. Cette fois-ci, Tiger empocha la carte. La vendeuse était revenue ; il semblait qu'elle avait retouché son maquillage.

« Vous voulez quelque chose, alors ? » dit-elle, sur un ton subitement professionnel.

Mais Tiger savait qu'il ne pouvait rien se payer. Le prix des accessoires pour la scène – le bon matériel – tournait autour de la centaine de livres, pour les moins chers. Même un simple cylindre de cuivre pour faire apparaître et disparaître des pièces coûtait vingt livres. Il avait accompli son pèlerinage, mais il savait désormais qu'il devrait se fabriquer ses propres accessoires, en utilisant tout ce qui lui tomberait sous la main. Il leva ses paumes devant lui, en signe de reddition.

« Je regarde juste.

– Prends quelque chose sur le compte de la maison, déclara Alfie, en désignant de la main le présentoir. Les amis de Domino et tout ça, ajouta-t-il en donnant un coup de coude à Kenny.

– Oh oui, bafouilla Kenny. En mémoire du grand homme, qui est peut-être encore parmi nous, ou peut-être pas. »

Il sembla voir les étiquettes des prix pour la première fois.

« Mais vas-y doucement avec nous, mon gars. C'est un monde de brutes, là-dehors.

– À qui le dites-vous, acquiesça Tiger. »

Il désigna alors du doigt la baguette magique.

Elle devint sa baguette. Longue d'une trentaine de centimètres, noire comme l'ébène avec deux centimètres de blanc à chaque extrémité. Elle était accompagnée d'une notice, on pouvait la rallonger au double de sa taille initiale, ou la réduire de moitié. À l'intérieur, un filament très fin qu'on pouvait enrouler autour d'un doigt ou coller contre la paume de la main, pour faire léviter la baguette ou la faire tourner sur scène. Dans le bus du retour, il s'entraîna avec, mais le lendemain suivant, il ne put la retrouver. Il accusa le type qui avait dormi à côté de lui, dans le centre d'hébergement. Il lui donna un coup de poing et se retrouva exclu pour une semaine. Il s'emmitoufla dans son manteau et commença à marcher. Il aurait dû se rendre aux bureaux du *Big Issues* pour récupérer un paquet de magazines du dernier exemplaire, mais il se retrouva devant le Théâtre du Festival. Il était fermé, alors il s'assit en face, sur un banc à côté du Surgeon's Hall. À l'ouverture, il poussa les portes et monta les escaliers jusqu'au mur qu'il était venu voir. Il tira une chaise et s'assit dessus. Il lut de nouveau toute l'histoire, en essayant de la comprendre du mieux qu'il pouvait. Il éprouvait toujours de la pitié envers le lion, enfermé dans sa cage à subir des décharges électriques. Il se l'imagina au milieu des flammes. Lafayette était revenu sur scène pour sauver son cheval. Il avait logé son chien dans une chambre d'hôtel, il l'avait dorloté. Il avait fini par se faire enterrer à côté de lui. Mais personne n'avait porté le deuil du lion. Tiger invoqua des images du lion en train de s'évader, de se promener dans le théâtre tandis que les flammes léchaient les murs, de sortir par l'issue de secours et de se diriger vers Holyrood Park. De trouver refuge là-bas. Plus de cage, plus de tortures. Il fut frappé par l'idée que les différents centres où lui-même dormait n'étaient que des zoos, où des animaux inquiets ronflaient en attendant d'être renvoyés dans les rues pour une journée de spectacle, de mendicité, de voyeurisme…

Il examina alors la photographie au grain grossier de la troupe de Lafayette, en se remémorant les mots de Kenny – jeter un autre coup d'œil. Il étudia chaque visage. Les nains, les musiciens et les jolies assistantes. L'une des femmes ressemblait un peu à la vendeuse du magasin de magie. Et l'un des hommes à un Alfie plus jeune. Un autre aurait pu être Kenny…

Soudain, Domino le regarda droit dans les yeux. Il était à côté de Lafayette, ou plutôt, juste derrière l'épaule du grand magicien : même taille, même coupe de cheveux. Mais la légende prétendait qu'il s'agissait de Charles Richards, la doublure de Lafayette, l'homme dont on avait porté le deuil et qui avait été incinéré à sa place. Tiger cligna plusieurs fois des yeux, puis les laissa refaire le point. Charles Richards, voilà qui c'était.

Il appela Kenny d'une cabine téléphonique, à côté de la station de taxi. Une femme répondit et cria à Kenny que c'était pour lui.

« Allô ?

– C'est Tiger. On s'est vu hier.

– Tiger ? »

Il y eut un gloussement à l'autre bout du fil.

« C'est un nom de scène comme un autre. »

Tiger se rendit compte que personne ne lui avait demandé comment il s'appelait, la veille.

« Comment va la baguette magique ? » demanda Kenny.

Tiger l'ignora.

– « J'ai fait ce que vous m'avez demandé, je suis retourné voir Lafayette. Sa doublure ressemble vraiment à Domino.

– C'est vrai ?

– Et il y a aussi quelqu'un qui ressemble à Alfie… et à la vendeuse.

– Les mystères de la génétique, jeune Tiger.

– Que voulez-vous dire ?

– N'essaye pas de trop creuser la question. Nous sommes tous des illusionnistes, après tout, non ? Ça ne veut pas dire qu'on ne peut pas être aussi des pigeons, de temps en temps. »

Tiger entendit des bips ; il n'avait plus de monnaie.

« Vous saviez que je le reconnaîtrais, hein ? cria-t-il dans le combiné. Il a été votre prof, tout comme il a commencé à être le mien ! »

Mais il n'entendait plus que le timbre de l'appareil. Il n'aurait pas su dire si le temps de la communication s'était écoulé ou si Kenny avait raccroché.

Et la baguette magique ne réapparut jamais.

L'Écosse rejoue, contre l'Autriche cette fois, et le match est viril. Rapide et brutal, avec un type d'Inverness qui remplace Tiger. Ce dernier se tient avec le reste de l'équipe pendant un moment, puis s'éloigne pour allumer ostensiblement une roulée. Une autre belle journée sans pluie dans les jardins de Princes Street. Les gens sont allongés sur les pelouses, les yeux fermés, ou assis sur les bancs à parler de tout et de rien. Et Arkady est là, assis sous un arbre, près de la barrière devant la voie ferrée. Un peu plus loin, il y a un pont où les enfants vont regarder les trains passer à leurs pieds. Tiger se dirige vers lui et s'accroupit.

« Tu ne joues pas, aujourd'hui ?

– Cet après-midi, réplique le Russe. Et toi ? »

Tiger plisse le nez.

« Pourquoi n'es-tu pas avec ton équipe ?

– J'aime écouter les trains.

– Vous n'avez pas de trains en Russie ?

– Bien sûr que si.

– Parle-moi de Saint-Pétersbourg.

– Qu'est-ce que je pourrais dire ? Parfois, c'est froid, parfois, c'est chaud.

– Il y a du boulot ?

– Pas autant qu'avant. Sous le communisme, on avait le plein emploi – c'était la version officielle, en tout cas.

– Tu n'as rien appris d'utile à l'armée ?

– J'ai appris à tuer.

– C'est un début. »

Les deux hommes rient ensemble.

« Les ennuis ont commencé quand je suis revenu d'Afghanistan. Mes papiers devaient voyager séparément. Ils se sont perdus. Et sans *propiska* – c'est comme un passeport – je n'avais plus d'identité. Ce qui veut dire... (il cherche le bon mot) aucun droit. »

Il regarde Tiger, qui hoche la tête pour lui faire comprendre qu'il s'en sort très bien.

« Ma femme m'a quitté ; ma famille ne voulait plus de moi. Je suis allé dans un asile de nuit... »

Il hausse les épaules.

« Ils ont un journal qui s'appelle *Put Domoi*... Ça veut dire quelque chose comme “le voyage à la maison”.

– Comme le *Big Issues*, ici ? »

C'est au tour d'Arkady d'acquiescer.

« Le *nochlezhka* – l'asile de nuit – maintenant, ils ont accès aux *propiskas*.

– Alors tu as récupéré ton identité, finalement ?

– Si je veux. »

Arkady regarde la barrière. Tiger entend le train qui passe derrière, invisible dans sa tranchée.

« Certaines nuits, dans l'asile, l'eau gèle. Il n'y a pas d'argent pour le pain. »

Il hausse les épaules, puis sourit.

« Je suis désolé…

– Pourquoi ?

– Te dire tout ça, comme si c'était pire que ta vie à toi, lance-t-il en désignant le terrain de foot. Ou la vie de n'importe qui. On est tous faits de la même matière, mais parfois, on ne peut pas voir plus loin que le bout de son nez. »

Tiger dévisage le Russe pendant un temps qui leur semble long à tous les deux. Arkady finit par baisser les yeux.

« Pourquoi ne veux-tu pas ta *propiska* ? demande doucement Tiger. Il s'est passé quelque chose en Afghanistan ?

– Il s'est passé plein de choses en Afghanistan.

– C'est pour ça que ta femme t'a quitté ? Pourquoi ne t'entendais-tu plus avec ta famille ? »

Arkady relève les yeux et croise le regard de Tiger.

« Tu es bon pour lire dans la tête des gens, mon ami.

– Certains d'entre nous sont des magiciens, lui répond Tiger, sur le ton de la confidence. Et quand tu es un magicien, tu réalises plein de choses. »

Il souffle sur la paume de sa main.

« Juste comme ça. »

Et avec un claquement de doigts, il fait apparaître une petite boule rouge sur sa paume. Il place son autre main par-dessus pendant un bref instant, et la boule disparaît. Il présente ses deux paumes au Russe pour qu'il puisse voir qu'il ne cache rien.

« Tu es un homme intelligent, Tiger, dit Arkady.

– Assez intelligent pour certaines choses », répond Tiger, tandis que sur le terrain, un but est accueilli avec des cris et des hourras par les supporters locaux.

C'est leur dernière nuit à Pollock Halls. Au cours des derniers jours, Tiger a travaillé d'arrache-pied pour tout préparer. Lorsqu'il faisait une pause, il se promenait dans les couloirs en se demandant quelles autres routes sa vie aurait pu emprunter. Par exemple, si son père n'était pas parti. Si lui-même s'était accroché, à l'école, s'il avait continué à prendre ses médicaments et qu'il était allé au lycée ou à la fac. Les étudiants qui vivaient à Pollock Halls disposaient de leur propre chambre. Ils avaient un bar et une cantine. Ils avaient Holyrood Park carrément devant leur porte…

Et Tiger, qu'est-ce qu'il avait ?

Bon, pour commencer, il avait son intelligence. Étonnant, tout ce qu'on trouve dans les bennes. Ce qu'il récupérait, il le considérait comme du recyclage. Des bouts de bois, des clous qu'il redressait pour les réutiliser, des pots de peinture à moitié pleins, parfois. Les vieilles portes ou les fenêtres au rebut lui fournissaient des gonds. Le magasin de bricolage du coin ne prenait que dix livres pour un lot comprenant un tournevis, leur scie la moins chère et un pistolet à colle. Quand l'un des hommes qui travaillaient à l'entretien sur le campus découvrit ce qu'il était en train de faire, il lui prêta un pinceau, un marteau et un ciseau à bois. Même l'entraîneur, qui s'était remis à lui parler, passa la tête dans l'embrasure de la porte.

« J'ai entendu dire que tu prépares un truc un peu spécial, Tiger.

– J'espère.

– Je savais que tu faisais des tours de cartes, quoi. »

Tiger hocha juste la tête.

« Bon, quoi qu'il en soit, ça a l'air bien. »

Le jour J, joie de vivre. L'Italie avait gagné pour la seconde année d'affilée, en battant la Pologne en finale 3-2, et l'Écosse finissait à une respectable quatrième place, juste derrière l'Ukraine. Tiger avait même des nouvelles encore meilleures : il était entré dans un autre immeuble du campus, sans que personne ne lui pose de questions. Il avait passé un moment dans une grande pièce lambrissée, puis ouvert une porte pour se retrouver dans une sorte de salle de réunion pour grosses légumes. Des boucliers pendaient aux murs tapissés de tartan.

Des boucliers, avec chacun deux épées croisées derrière eux.

Des tas d'épées.

À présent, c'est le dernier soir et on a monté la scène dans un grand préau. Il s'est débrouillé pour préparer la scène avant que quiconque n'arrive. Deux autres joueurs de l'équipe l'ont aidé à transporter la grande boîte et à la mettre en position derrière le rideau du fond.

« Tu vas couper une fille en deux ? demande l'un d'eux.

– J'en veux bien une moitié, rigole l'autre. N'importe laquelle. »

Au-dessus de la scène, une grande bannière : SOIRÉE DE CLÔTURE DE LA COUPE DU MONDE 2005. Pas mal de personnes se sont inscrites sur la liste pour faire un numéro – musical pour la plupart, ou comique. Un type pense qu'il peut captiver le public avec sa version sifflée du thème du film *Le Bon, la Brute et le Truand*. L'homme n'a plus une seule dent dans la bouche, et Tiger se demande si ça va servir le spectacle ou le desservir. Il y aura des femmes dans le public : les amies des joueurs. Et les différentes équipes d'entraîneurs et de tous ceux qui ont travaillé sur l'événement. Pas d'alcool, mais plein de sodas et de trucs à manger. Et un bal après le spectacle, juste pour conclure agréablement les choses.

Tiger a un billet dans la poche. Il l'a acheté un peu plus tôt à la caisse du Fringe Festival : Jerry Sadowitz, magie de proximité. Un petit plaisir qu'il compte se faire en août.

Mais pour l'instant, il faut qu'il organise sa propre magie.

Que le spectacle commence…

Plus de deux cents personnes dans la salle. Beaucoup d'applaudissements et de démonstrations d'enthousiasme. Il y a eu un grand repas, et l'alcool a trouvé son chemin jusqu'aux canettes de soda. C'est comme l'Organisation des Nations Unies des sans-abri : toutes ces langues, différentes, mais un lien qui les unit. Ils ne saisissent peut-être pas les mots, mais ils comprennent les gestes et les regards. Domino le lui avait dit : les yeux nous trahissent. Tu choisis ton pigeon selon la façon dont il te regarde. S'il est crédule, tu le sauras ; s'il a envie de croire, tu le sauras. Choisis-le, et tu as déjà réussi la moitié du tour.

« Et à présent, veuillez accueillir le stupéfiant Lion ! »

Tiger n'en veut pas au présentateur de s'être trompé sur son nom. En fait, ça semble même approprié. Ça lui fait penser au fauve supplicié de Lafayette. En montant sur scène, il s'imagine à l'Empire Theatre, le 9 mai 1911. Le public est en frac, paré de ses meilleurs atours, prêt à être diverti. Il vient de quitter sa suite du Caledonian Hotel, après s'être restauré de langouste et de champagne. Il est triste pour son chien, mais le spectacle doit continuer.

« Merci beaucoup, mesdames et messieurs. »

Il a pris le micro du présentateur. Un peu de feedback et d'écho dans les enceintes, mais il n'y fait pas attention. Le public est encore agité. Tiger fixe le micro sur son pied, replie sa main droite et fait apparaître un jeu de cartes, dans un éventail parfait. Quelques applaudissements et sifflets d'encouragement. Il fait disparaître le jeu, et une balle à jongler vient le remplacer. Il a l'air surpris et met la main dans sa poche pour en prendre une autre. Il descend de la scène et s'approche du premier rang. Il a déjà repéré son pigeon et tend la main vers l'oreille de l'homme pour faire surgir une troisième balle. Il commence à capter l'attention de son auditoire. De nouveau sur scène, il se met à jongler, en alternant des séquences avec les trois balles et d'autres avec deux seulement, pour lesquelles il ne se sert que d'une seule main. En fait, c'était plus dur à apprendre que lorsqu'il y en avait trois. Il fait ostensiblement tomber une balle. Nouveaux applaudissements.

« N'applaudissez pas jusqu'à ce que j'y arrive ! »

Et c'est ce qu'il fait, avec encore plus de dextérité. Le pigeon du premier rang est debout, tellement il apprécie le spectacle. Mais à présent, les balles s'évanouissent, et Tiger n'a plus rien dans les mains. Il s'approche du bord de la scène et s'incline devant le public, puis il claque des doigts. Derrière lui, le rideau se lève et on fait rouler la boîte sur scène. Le rideau retombe, mais Tiger passe derrière et en revient avec une demi-douzaine d'épées. Il en prend deux et les fait s'entrechoquer, ce qui produit un son métallique. Il retourne dans le public pour que les gens puissent les examiner. Lorsque les deux personnes choisies commencent à se battre en duel à grands coups d'étincelles, il récupère les deux épées. Maintenant, tout le monde sait que ce sont de vraies lames.

Et si elles sont vraies, le danger doit l'être aussi.

À présent, la sélection d'un volontaire. De nombreux bras se lèvent, et Tiger prend son temps pour choisir, cela fait partie du spectacle. Mais il ne peut y avoir qu'un seul vainqueur.

Arkady.

Assis juste à l'endroit que Tiger lui avait indiqué : sur le côté, au deuxième rang en partant du fond. Tiger demande une salve d'applaudissements, tandis que le Russe bondit sur scène. Tiger ouvre la boîte dans le sens de la hauteur. Elle est à peine assez grande pour contenir Arkady. Tiger cogne les parois à l'arrière et sur les côtés, pour que tout le monde puisse bien voir qu'elles sont solides, puis il fait signe au Russe de se glisser dedans. Il referme le couvercle et le verrouille de haut en bas. Ensuite, il désigne deux autres membres du public et leur demande de le rejoindre.

« Vous voyez, mesdames et messieurs, annonce-t-il dans le micro, ça serait trop facile si je réalisais moi-même ce tour. C'est pourquoi vous allez m'aider. On pourrait dire que vous êtes mes apprentis. »

Les deux hommes ne comprennent pas ce qu'il dit, mais il leur tend les épées. Puis il semble se souvenir de quelque chose et porte la main à sa poche. Ses vêtements n'ont rien de particulier, juste une veste en jean et un pantalon baggy noir, comme d'habitude. En fait, sa veste a été adaptée, mais de façon que personne ne puisse s'en rendre compte. Il sort un éclair au chocolat à moitié mangé de sa poche.

« Est-ce que ceci est à vous, monsieur ? » dit-il en agitant l'éclair en direction de son pigeon au premier rang, qui s'aperçoit alors que son précieux gâteau avait disparu. Il se lève en riant et en applaudissant, prend son éclair et mord dedans, sous les hourras du public.

Un certain temps s'est écoulé. Tiger s'intéresse de nouveau à la boîte. Il se déplace tout autour en demandant à ses assistants de donner des coups de pied dedans. Puis il leur dit de passer leurs épées au travers. Ils le regardent avec un air d'incompréhension, alors il leur mime le geste. L'un des deux semble comprendre. Il s'attaque à un des côtés de la boîte, et son compère fait alors de même de l'autre côté. Tiger lève les mains en l'air, horrifié.

« Pas avant mon signal ! Je dois donner un signal bien particulier, sinon la magie ne fonctionne pas ! »

Il presse son oreille contre la boîte.

« Ça va là-dedans ? »

Le public est maintenant silencieux, assez pour entendre le léger gémissement. Tiger se tourne vers eux en secouant doucement la tête. On a baissé les lumières dans la salle : il ne reste que deux projecteurs pointés sur la scène.

Un homme se tient près de la porte du fond, les bras croisés. Il ressemble à John Domino, mais Tiger sait que ce ne peut pas être lui.

« Lorsque vous voulez qu'un travail soit bien fait… » lance-t-il au public d'un ton impatient.

Puis il prend les épées restantes et les plante dans le bois. Par gestes, il ordonne à ses assistants de les retirer, puis renvoie les deux hommes s'asseoir sous les applaudissements. Il s'approche de nouveau de la boîte et frappe quelques coups brefs sur un des panneaux.

Pas de réponse.

Il regarde son auditoire, les sourcils levés. La silhouette près de la porte du fond a disparu. Il frappe une nouvelle fois.

Pas de réponse.

Rapidement, l'air paniqué, il se jette sur les verrous.

Il ouvre en grand le couvercle et fait un pas en arrière.

La boîte est vide. Il regarde à l'intérieur, entre dedans, en ressort. La salle est en délire. Tiger referme le couvercle et salue son public.

À la fin du spectacle, l'entraîneur de l'équipe d'Écosse vient le rejoindre derrière le rideau.

« Vraiment astucieux, dit-il en observant les fentes dans le bois. Les trous sont prédécoupés, non ? La personne dans la boîte sait qu'en adoptant une certaine position, les lames ne la toucheront pas.

– Vous pensez que c'est ça le truc ?

– J'ai regardé une de ces émissions à la télévision où ils vous expliquent des tours de magie, dit-il avec un clin d'œil. Mais tu fais ça bien… »

Quelqu'un d'autre tape sur l'épaule de Tiger.

« Quoi ?

– Ça, c'est de la magie ! »

Tiger reconnaît un des membres de son équipe. L'assemblée se prépare pour l'arrivée du DJ. La musique commence à jouer dans les enceintes. Gorillaz.

« Faire entrer le Russe dans la boîte, poursuit l'entraîneur. Le petit différend que vous avez eu sur le terrain… ça faisait un peu plus peur, j'imagine. »

L'entraîneur hoche la tête.

« Quand le grand retour est-il prévu ? Tu attends que la fête batte son plein, hein ? Il va surgir d'une pièce montée ou un truc du genre ?

– Qu'est-ce que vous voulez dire ? »

L'entraîneur dévisage Tiger avec un sourire gêné.

« Eh bien, le tour n'est pas fini, non ? Il faut que la personne dans la boîte réapparaisse.

– C'est marqué dans le règlement ? demande Tiger.

– Allez, Tiger ! »

Le sourire traduit maintenant un malaise certain.

« Où est-il ? »

L'entraîneur tente d'examiner le dos de la boîte, mais Tiger le retient par le bras.

« C'est à moi. N'intervenez pas !

– Où est-il ?

– Le Cercle de Magie soutient que je ne peux pas révéler nos secrets. »

L'entraîneur prend une grande bouffée d'air.

« Si tu as fait ce que je pense que tu as fait… » lance-t-il en lui pointant l'index en pleine poitrine.

Il est interrompu par l'arrivée de l'entraîneur russe accompagné par deux des membres de l'équipe d'Arkady. Ils serrent la main du coach de Tiger, cherchent à serrer la sienne. Ils posent les mains sur la boîte en hochant la tête et en riant. L'un d'entre eux pose une question en russe, mais Tiger se contente de hausser les épaules. Il la pose de nouveau, et de nouveau Tiger hausse les épaules, en ouvrant les bras pour accentuer l'effet. On appelle un des organisateurs, qui crie qu'on lui amène un interprète. Il y a désormais un attroupement autour de Tiger, et ce dernier sait qu'il ne fera que grandir.

Ce qui est le rêve de tout magicien : être connu, provoquer des remous, marquer les esprits. Tiger se dit que Lafayette lui-même aurait presque été fier de lui.

BIOGRAPHIE DES AUTEURS

ALEXANDER McCALL SMITH

Alexander McCall Smith est l'auteur de six romans de la série *Mma Ramotswe détective* (traduction Elisabeth Kern). Il est aussi auteur de nombreux autres livres, dont les séries *44 Scotland Street* et *The Sunday Philosophy Club*. Avant de se consacrer à plein temps à l'écriture, il a été professeur de droit médical à l'université d'Édimbourg et membre d'organismes nationaux et internationaux se consacrant à la bioéthique.

En 2004, il a été nommé Auteur de l'année aux British Book Awards. Il a aussi été distingué par le Saga Award for Wit, la Dagger in the Library Award of the Crime Writers' Association, et s'est vu octroyer la médaille d'excellence de Walpole. En 2005, il a intégré la liste finale du Quill Award, aux États-Unis. Ses livres ont été traduits en trente-six langues et sont devenus des best-sellers un peu partout dans le monde.

Lorsqu'il dispose d'un peu de temps libre, il fait partie d'un orchestre amateur, le Really Terrible Orchestra (RTO), qu'il a cofondé avec sa femme, médecin. Il vit à Édimbourg.

IAN RANKIN

Né à Fife en 1960, Ian Rankin est diplômé de l'université d'Édimbourg et a depuis enchaîné les métiers d'ouvrier agricole pendant les vendanges, de gardien de cochons, de chauffeur de taxi, de chercheur sur l'alcool, de journaliste spécialisé dans le matériel haute-fidélité et de musicien punk. Son premier roman, *L'Étrangleur d'Édimbourg*, mettant en scène son personnage Rebus, a été publié en 1987. La série est aujourd'hui traduite en vingt-deux langues. Ian et sa femme ont vécu six ans en France, pendant les années quatre-vingt, et y reviennent régulièrement. En 2002, Ian Rankin est devenu Officier de l'ordre de l'Empire britannique, Hawthornden Fellow, après avoir reçu le prestigieux Chandler-Fulbright Award, ainsi que deux Crime Writers' Association Awards 'Daggers' pour ses nouvelles, le CWA Macallan Gold Dagger dans la catégorie fiction pour *L'Ombre du tueur* (traduction Édith Ochs), roman qui a été aussi retenu sur la liste finale du Mystery Writers of America 'Edgar' Award dans la catégorie meilleur roman. En septembre 2005, il a reçu le GQ writer of the Year. Ian Rankin vit à Édimbourg avec sa femme et ses deux enfants.

J.K. ROWLING

J.K. (Joanne Kathleen) Rowling est née en 1965 et a grandi à Chepstow. Elle obtient un diplôme en français et en littérature classique à l'université d'Exeter, avant de faire un stage à Londres, à Amnesty International. Elle a commencé à imaginer l'intrigue de *Harry Potter* pendant un voyage en train de Manchester à Londres.

Après avoir enseigné l'anglais au Portugal, elle a déménagé à Édimbourg où elle va finir *Harry Potter à l'école des sorciers* (traduction Jean-François Ménard) en 1996. Ce fut l'été suivant que le monde fit la connaissance de Harry Potter. Ses sept premiers livres sont parmi les plus grosses ventes de l'histoire, et parmi les plus rapides : plus de trois cents millions de copies vendues dans le monde. Le film du sixième épisode de la série est sorti en juillet 2009.

J. K. Rowling est devenue Officier de l'ordre de l'Empire britannique en raison des services rendus à la littérature pour enfants, en 2000. Elle est présidente de l'association caritative One Parent Family et verse des fonds à la Société écossaise contre la sclérose en plaques.

IRVINE WELSH

Le premier roman d'Irvine Welsh, *Trainspotting*, a été adapté au cinéma et au théâtre, à chaque fois un immense succès. Ses autres livres sont *The Acid House* (filmé par Paul McGuigan), *Marabou Stork Nightmares, Ecstasy : trois contes d'amour chimique* (traduction Alain Defossé), *Une ordure* (traduction Alain Defossé), *Glue* et *Porno* (une suite à *Trainspotting*). Un nouveau roman, *Recettes intimes de Grands Chefs* (traduction Laura Derajinski), est sorti à l'été 2006. Son travail a été traduit universellement. À l'occasion, Welsh pratique le journalisme pour le *Daily Telegraph* et le *Guardian*, et est associé avec Antonia Bird, Mark Cousins et Robert Carlyle dans Four Way Films. Il a co-écrit avec Dean Cavanagh le scénario d'un film, *The Meat Trade*, ainsi que celui d'une pièce de théâtre, *Babylon Heights*, qui s'est jouée simultanément à Dublin et à San Francisco en 2006. Ian Rankin vit désormais à Dublin, mais fait de fréquents séjours chez lui, à Édimbourg.

LA FONDATION ONECITY

La fondation OneCity a été créée à la suite d'un rapport commandé par le Lord Prévôt d'Édimbourg, en 1998, pour étudier l'importance de l'exclusion sociale dans la ville et, plus important, ce qu'on pouvait faire pour y remédier.

La fondation OneCity canalise des fonds, des enthousiasmes et des idées, qu'ils soient le fait d'individus ou bien de sociétés, avec pour objectif de combattre l'exclusion sociale et les inégalités, et de soutenir des projets pour l'éducation et l'aide sociale dans toute la ville.

Au cours de sa première année, la fondation a bénéficié d'un retentissement considérable. On a créé un programme destiné à ouvrir les jeunes instigateurs d'attaques racistes aux aspects positifs de la diversité culturelle. Toute une communauté s'est réunie pour transformer les arrière-cours décaties des maisons en espaces communs, utiles à tous. Et des jeunes des quartiers nord d'Édimbourg ont été mis en présence avec des décideurs de la communauté pour documenter la planification des projets.

La fondation OneCity bénéficie d'un large soutien : le Lord Prévôt d'Édimbourg est notre président, et nos ambassadeurs sont Sir Tom Farmer, Stephen Hendry, Ian Rankin, Irvine Welsh, Gordon Strachan, Baroness Smith, Mrs Unis et Alexander McCall Smith. Parmi nos sponsors les plus importants, on trouve la State Street Corporation, Baillie Gifford et Scottish & Newcastle.

Pour plus d'informations :

OneCity Trust, Scottish Community Foundation,
126 Canongate, Edinburgh EH8 8DD
Tél. : +44 (0) 131 524 0300
info@onecitytrust.org - www.onecitytrust.org

REMERCIEMENTS

En tant que vice-président de la fondation OneCity Trust, je tiens à manifester en cette occasion mes remerciements sincères au Rt Hon. Lesley Hind, Lord Prévôt d'Édimbourg et président de la fondation, pour avoir réuni ces auteurs, à Alexander McCall Smith, Ian Rankin et Irvine Welsh pour leur enthousiasme, leur temps et leur implication tout au long du projet, ainsi qu'à J.K. Rowling pour son introduction inspirée.

Nous tenons aussi à remercier notre directeur du développement, Teri Wishart, dont la gestion et le travail se sont avérés essentiels pour aller au bout de cette aventure, Jan Rutherford de Publicity & The Printed Word, qui est parvenu à faire tenir la baraque lorsqu'elle menaçait de s'écrouler, Imogen Assenti pour avoir soutenu et dirigé ce projet avec calme et assurance, ainsi qu'Alison

Rae, l'éditrice de Polygon. Un grand merci également à la Scottish Community Foundation pour son soutien et à Murray Buchanam, chez Maclay Murray & Spens, pour avoir compris l'incompréhensible.

Merci aussi pour l'aide considérable que nous ont apportée le *Scotsman*, les librairies Ottakar's, Hookson Design et toute l'équipe du Festival de Théâtre d'Édimbourg.

Merci enfin à Neville Moir et Hugh Andrew de Polygon pour leur patience et leur bonne humeur.

HAMISH BUCHAN
Vice-président du OneCity Trust

Imprimé en France en avril 2010 sur les presses de l'imprimerie
« La Source d'Or »
63039 CLERMONT-FERRAND
Imprimé en France
ISBN 978-2-35726-055-9
Dépôt légal : mai 2010
Première édition : mai 2010

Dans le cadre de sa politique de développement durable,
La Source d'Or a été référencée IMPRIM'VERT®
par son organisme consulaire de tutelle.
Cet ouvrage est imprimé - pour l'intérieur -
sur papier bouffant, « Pamosky » 80 g,
provenant de la gestion durable des forêts,
des papeteries Arctic Paper,
et répondant aux certifications forestières
« ECF » (Elementary Chlorine Free).